REVENIR À TOI

Léonor de Récondo est née en 1976 dans une famille d'artistes. Violoniste, elle a enregistré de nombreux disques et s'est produite en France et à l'étranger. Elle est l'autrice de plusieurs romans dont *Amours*, Grand Prix RTL-*Lire* et Prix des libraires 2015, *Point cardinal*, Prix du roman des étudiants France Culture-*Télérama* 2018, ou encore *La Leçon de ténèbres*, prix Ève / Delacroix de l'Académie française 2020.

LÉONOR DE RÉCONDO

Revenir à toi

ROMAN

GRASSET

ISBN : 978-2-253-10733-0 – 1re publication LGF

« revenir à toi

à ta lumière

effacer ces journées
rongées par ton absence »

Charles JULIET, *Affûts*

Magdalena est allongée sur le lit recouvert d'une feuille de papier jetable, elle observe le médecin, et remarque son front trop lisse, les ridules autour des lèvres comblées, gonflées, publicité pour les injections qu'elle propose.

Et Magdalena dit, sans l'avoir prémédité, j'ai ce grain de beauté dans le cou. Ça me dérange pour me coiffer, j'ai peur que le peigne ne l'arrache, et pour les perruques aussi, le maquillage, il faut toujours que je pense à le protéger.

La dermatologue regarde, touche de son doigt froid. Son index analyse matière et densité. Elle s'excuse justement du froid et ajoute, ce n'est rien, je vais vous l'enlever tout de suite.

Elle imbibe un coton de lotion anesthésiante, le pose quelques instants sur le grain de beauté, et d'un coup de scalpel tranche net le bout de peau brunâtre. Un peu de sang, c'est fini.

La dermatologue, contente d'elle, sourit.

C'est allé vite pour Magdalena, elle n'a rien senti. Elle demande, fini quoi ?

Le grain de beauté.
Et le médecin lui colle un pansement à la place.

Dans la rue, Magdalena se demande pourquoi elle a accepté que cette femme qu'elle ne connaît pas lui coupe ce petit bout de peau.

Son téléphone sonne.

Sur l'écran apparaît la photo d'Adèle, son agent.

Oui ?

La voix lui dit quelque chose qu'elle ne comprend pas.

Quoi ? Qu'est-ce que tu racontes, Adèle ?

Et Adèle répète plus lentement : Magda, on a retrouvé ta mère.

Magdalena raccroche, range le téléphone.

Cet appel n'a pas existé. Rien à entendre, rien à comprendre, mais il provoque une fissure dans ses pensées. Fissure aussi fine que l'incision dans son cou. Elle la sent, elle a peur du flot de souvenirs qui pourrait surgir. Un suintement qui finirait par tout emporter. Emporté, le château construit depuis l'enfance. Goutte après goutte, l'édifice s'effondrerait sur lui-même, noyant sa volonté farouche, arrachant les tuteurs et laissant les mortiers dissous.

La houle est profonde.

Combien d'années pour s'interroger sur l'absence, s'y soumettre, s'y conformer, raison faite ? Elle ne veut pas compter. Compter, c'est commencer de donner chair aux souvenirs, c'est croire que ce coup de fil a eu lieu.

Un grain de beauté en moins, elle en était là, juste là, pas plus loin.

Son portable vibre encore et encore dans son sac. La fissure s'étend dans son cerveau.

Elle s'empare du téléphone. Cinq appels en absence. Adèle.

Personne ne peut lui parler de sa mère. Personne n'en a le droit parce que nul n'a su lui expliquer. Et si des réponses existaient bel et bien, ce serait trop tard.

Trente ans.

Pourquoi faire semblant ? Magdalena a compté chaque jour, des petits bâtons les uns à côté des autres dans sa tête, une foule en désordre.

Elle envoie un SMS à Adèle : Où ça ?

Maison éclusière à Calonges sur le canal latéral, Lot-et-Garonne.

Un pas devant l'autre sur le trottoir parisien, Magdalena est en route, à pied, en train, en bateau, s'il le faut.

Elle prend le métro vers la gare Montparnasse, achète un billet à un guichet automatique. Le prochain train pour Bordeaux part dans trente minutes. Elle a retiré 500 euros. Les dix billets de cinquante sont rangés dans son portefeuille.

Deux heures de train, ensuite, elle ne sait pas. Elle sait simplement que c'est par là, dans ce coin de France. Ça la rassure d'avoir du liquide sur elle, ça la protège.

De quoi ? De qui ?

Elle chasse ces questions, pense qu'elle n'a prévenu personne de son départ. Adèle s'en doutera.

Sa prochaine répétition est dans cinq jours. Ce voyage n'aura pas existé. Au retour, sa vie recommencera avec la lecture préparatoire de la pièce programmée à Avignon cet été. *Antigone* de Sophocle. Elle est Antigone. Elle l'a lu, relu, par cœur, rabâché. Mais là, elle ne se souvient de rien, sinon d'une réplique qui tourne en boucle dans sa tête comme un disque rayé.

Je péris sans avoir usé ma part de vie.

Elle ne va pourtant pas périr, elle est bien en vie avec sa revue en main dans la boutique de la gare. Elle la pose. Elle vient de se rendre compte qu'elle a 500 euros en poche, mais pas un habit de rechange, juste un jeans, un chemisier en soie, une veste en tweed. À ses pieds : des escarpins. Ce matin, elle a hésité à mettre des baskets, et puis elle a choisi ces talons pour se donner de l'assurance devant la dermatologue. Il faudra s'acheter d'autres chaussures.

Le tableau d'affichage indique la voie 4.

En arrivant sur le quai, elle s'aperçoit que sa voiture est la plus éloignée. Elle presse le pas, ne veut pas rater ce train-là. Trente ans. Trente ans et une course sur la voie 4.

Assise, place isolée en première classe, elle transpire, enlève sa veste. Son chemisier colle à son dos. Elle le secoue, souffle entre la soie et sa peau.

Elle se détend, s'installe confortablement. Pendant les heures de voyage, personne ne pourra ni la joindre ni la rejoindre. Elle sera en suspens, entre deux territoires.

Elle observe son reflet dans la vitre. Elle s'examine comme elle le ferait d'un visage étranger, comme la dermatologue plus tôt. Elle touche le pansement qui ne s'est pas encore décollé.

Apollonia, est-ce que je te ressemble ?

Apollonia, le prénom de sa mère.

Elle continue de se regarder, passe la main dans ses cheveux pour peigner les boucles brunes qui se sont emmêlées. Boucles noires de jais, peau diaphane blanche, on lui a toujours dit ta peau de lait, pommettes hautes, nez droit, long, bouche charnue, lèvre supérieure saillante, et ses yeux vert très pâle qui changent suivant les mouvements des nuages, la densité du ciel, la pluie, l'orage, les embardées de bleu. Sa beauté. On lui dit toujours, Magda, ta beauté.

Quoi, ma beauté ?

Et souvent l'interlocuteur n'ajoute rien, ou bien la compare à des actrices américaines des années 50, beautés sophistiquées, beautés amples, seins-fesses-jambes. Ces comparaisons laissent Magdalena indifférente. Elle ne voit rien d'elle dans ces femmes-là. Magdalena ne voit rien d'elle en général.

Elle se souvient d'une boîte carrée recouverte d'une peau brune de serpent, ses jointures dorées, le bruit sec de la fermeture, la poudre libre et rose clair maintenue sous un fin grillage. Recouvrant ce maillage en fer, il y a une houppette en tissu à la texture fragile et moelleuse, tachée en son centre par l'imprégnation répétée de poudre. Cette poudre posée sur la joue de sa mère.

Le poudrier s'ouvre et se referme dans un pli de la mémoire de Magdalena.

Et ça lui revient d'un coup. À ce moment précis, ça lui explose au visage, ça crève ses sens, ça donne un coup d'arrêt au fil de ses pensées. Comme le souffle d'une explosion : le parfum de la poudre de sa mère.

Les larmes surgissent.

Elle s'affaisse un instant sur son siège, puis se redresse. Ce n'est que le début du voyage. Elle n'observe plus son reflet sur la vitre, son regard n'accroche aucun arbre, aucune maison qui longe la voie ferrée. Magdalena se souvient.

Elle se souvient du jour où son père, Isidore, lui avait dit : maman est partie.

Une phrase simple, sujet verbe participe passé. Une phrase tout à fait intelligible. Magdalena la comprenait, mais la trouvait trop courte. Il lui manquait au moins un complément de lieu, ainsi que plusieurs paragraphes d'explications. Une maman ne part pas comme ça. Le ton de son père était à la fois désinvolte et ferme. Il esquivait, il n'y avait ni pharmacie, ni boulangerie, ni même une autre ville. Il y avait un espace long et indéterminé pour une durée distendue.

Maman est partie.

Elle se souvient d'avoir hoché la tête en signe de compréhension et de soumission. D'impuissance aussi. Que pouvait-elle faire avec ses petits bras, ses petites jambes, son petit corps de rien du tout ? Du haut de ses quatorze ans, Magdalena avait la conscience de n'être rien. Les années précédentes l'en avaient convaincue, ballottée par les humeurs des adultes, leurs mouvements imprévisibles, le regard confus de sa mère à force de médicaments, vides les jours derniers.

La neige. Le regard d'Apollonia s'était perdu dans la neige. La neige et le froid lorsque, enfant, elle s'était recroquevillée dedans, les habits trempés. Dans la mémoire d'Apollonia, un millier de trous, dans son cerveau aussi. Des trous d'air pour que l'histoire file, pour faire la place belle à l'oubli. Un grand blanc. La peur. Cette neige-là ne fondait pas. Dans son petit lit chez ses parents au village, ça lui revenait, les pieds gelés sous l'édredon, les pieds gelés par le froid, la neige et la peur. Ça revenait dans ses godasses sans crier gare, ça mouillait ses chaussettes ou bien ça se cachait au fond de ses poches alors qu'on était en plein été. Le rythme des apparitions de la neige était incontrôlable et la prenait toujours au dépourvu. Ses souvenirs faisaient ce qu'ils voulaient. Parfois, ils disparaissaient, parfois ils l'étouffaient.

Maman est partie.

Magdalena pensait qu'elle avait dû se dissoudre. Et à force de se dissoudre, il n'était rien resté, juste un petit tas de poussière que grand-mère Marcelle allait aussitôt balayer. D'un geste souverain, Marcelle ferait place nette avec son balai en paille, aux épis maintenus par des filins bleu et rouge.

Ils avaient déménagé peu de temps auparavant dans la maison des grands-parents. Un pavillon de plain-pied en rase campagne. Tout est à plat, s'était dit Magdalena. Tout est tout à fait plat.

Marcelle&Michel, les parents d'Isidore, les avaient accueillis quand Apollonia avait commencé de passer la plupart de ses journées allongée. Isidore n'y arrivait plus. Ça faisait deux mois. Il ne dit pas le mot *dépression*. Il dit à ses parents, je ne sais pas, je ne la reconnais plus. À Magdalena, il ne dit rien.

Quand Apollonia avait cessé de sortir du lit, il avait appelé le médecin à l'aide. Pendant la consultation, Apollonia s'était laissé faire.

Les ronces envahissaient les ruines, le soleil se levait et se couchait comme bon lui semblait. L'hiver s'installait et la neige se propageait.

Tout haut, elle avait dit au médecin, le blanc, vous comprenez, le blanc, on ne peut pas lutter.

Et Isidore avait pris peur.

Il avait déclaré à sa mère qu'il ne pouvait pas tout faire, travailler, s'occuper de Magdalena et d'Apollonia.

Grand-mère Marcelle avait d'abord rechigné, puis accepté. Elle avait sermonné son fils, je te l'avais bien dit, ça fait des années que je sais que ça va finir comme ça… je l'ai connue bien avant toi, Apollonia. Quand je l'ai vue arriver comme nouvelle institutrice à l'école, quelque chose clochait. Elle était toujours trop exaltée ou trop fragile, ça ne tournait pas rond dans sa tête… Tu te souviens comme je t'ai prévenu ? Non, pas seulement sur votre différence d'âge, je t'avais dit, regarde comme elle se précipite tout le temps, le corps en avant. Tu te souviens ? Tu ne m'as pas écoutée, tu n'en as fait qu'à ta tête, et vous en êtes là aujourd'hui…

Elle pouvait parler des heures sans s'arrêter, sans respirer, grand-mère Marcelle, jamais à court d'arguments. Ça vous coupait le souffle.

Alors, on s'était serrés dans le pavillon. Magdalena avait abandonné sa chambre à regret, vue sur le jardin pas très grand, mais jardin quand même, son petit bureau, sa chaise en osier, son lit surmonté d'une étagère où elle rangeait soigneusement ses livres par ordre de préférence.

Elle et Diego, son ours en peluche, s'étaient installés sur le canapé-lit du salon des grands-parents. Plus de chambre, mais la compagnie constante du poste de télévision à tube cathodique, parallélépipède sombre, bruyant, chapeauté de son antenne. Images en noir et blanc rarement nettes. Journaux regardés religieusement le soir, en famille, provoquant des commentaires et des ricanements brefs. Le nouveau territoire de Magdalena, ce canapé-lit déplié pour elle la nuit, tel un radeau pris dans la tourmente.

Le contrôleur entre dans la voiture 1, presque vide. Il vérifie le billet d'un passager, puis relève la tête et la voit. Magdalena a le visage tourné vers la fenêtre, le corps penché en appui sur l'accoudoir.

Il ne perçoit d'abord qu'une impression confuse, ce corps, sa présence, sans en discerner nettement les contours. Cette impression se diffuse lentement dans son corps à lui.

Elle ne le voit pas.

Elle regarde ailleurs, au-delà de la vitre, au-delà du réel. Il se le formule ainsi.

Il la détaille. Ses seins se déploient sous un chemisier en soie, blanc cassé, fermé par des boutons, les premiers ouverts, étoffe tendue par les mouvements rapides de la cage thoracique. L'arrondi de la poitrine déforme à chaque inspiration le tissage serré de la soie. Elle n'est pas tranquille.

Entre la peau et le tissu, il devine l'arabesque d'une dentelle. Il poserait volontiers ses mains juste là, dans l'interstice étroit de la dentelle et du sein. Avec tout mon respect, madame. Je les sentirais dans mes paumes.

Son regard glisse jusqu'aux cuisses. Les jambes sont croisées, elles dépassent du fauteuil, sa position en biais déporte les escarpins à la limite du couloir. Le galbe de la cuisse, habillé de jeans, est ample, en harmonie avec les seins.

Le contrôleur s'approche d'un autre passager : contrôle des billets, s'il vous plaît. Sans cesser de la regarder. Il ne sait pas si c'est son mouvement ou le son de sa voix, mais elle tourne les yeux vers lui. Elle ne les pose pas, elle les accroche, pupilles acérées, hameçons aux pointes affûtées, dans les siens.

Le contrôleur a tout juste le temps de sentir les yeux clairs s'enfoncer en lui, puis se détourner.

Il arrive jusqu'à elle.

Magdalena fouille son sac. Elle dit, il était juste là pourtant, je l'avais dans les mains.

Il lui sourit, prenez votre temps. Il remarque deux petites auréoles sombres de transpiration qui tachent le chemisier blanc sous les aisselles. Elle a dû courir. Il aimerait savoir où elle va et pourquoi. Tous ces gens, qui se déplacent d'un endroit à l'autre de la France, des milliers de visages joyeux, mornes ou tristes dont il ne sait rien. Mais elle, où va-t-elle avec sa respiration trop haute, sa beauté narcotique et cette insouciance lasse ?

Il lui dit, vous êtes inquiète, madame ?

Elle le regarde, surprise. Les yeux verts se troublent, la bouche hésite, puis répond, non, je ne crois pas. Un rendez-vous inattendu, c'est tout.

Elle trouve le billet, le lui tend en souriant.

Il voit la bouche se fendre, les dents apparaître parfaitement ordonnées. Pourrais-je lécher vos dents, madame ?

Merci, dit-il seulement.

Le contrôleur reste quelques instants encore dans le rayonnement de Magdalena, respire une dernière fois les effluves ambrés de son parfum avant de quitter le wagon.

C'est l'insensible sang d'un insensible père, et l'enfant ne sait pas céder à l'infortune.

Réplique du Coryphée. Oui, c'est ça, se dit Magdalena, mon insensible père, quand ils s'étaient installés sur ce nouveau territoire régi par la main de fer de grand-mère Marcelle. Elle avait tout fait pour ne pas céder à l'infortune, alors que lui, Isidore, était lâche. Il avait abandonné sa femme à son sort. Il retrouvait un certain entrain, tandis qu'Apollonia ne quittait pas la chambre de l'étage, même pour les repas.

Grand-père Michel avait décrété qu'il s'occuperait d'elle. Il l'avait toujours eue à la bonne. Elle était différente. Elle, qui avait été l'institutrice de tant d'enfants ici, les avait éduqués. Et même si aujourd'hui elle avait perdu sa splendeur et son sourire, elle était instruite. Ça ne se perd pas, l'instruction, arguait Michel. Et puis, elle avait donné son temps aux autres, dans la joie, alors qu'elle venait d'un village chahuté pendant la guerre. Il le serinait à Marcelle, tu sais dans ce village-là, la guerre, ça devait être quelque chose, on peut pas se figurer.

Eh bien si on ne se le figure pas, on n'y pense pas, lui rétorquait-elle. On a eu notre lot ! Et moi aussi, j'ai été institutrice, je te rappelle.

Oui, mais Michel avait de la tendresse pour Apollonia et le matin, quand Magdalena était au collège et Isidore au garage, il lui préparait un plateau avec un grand bol de café soluble, trois biscottes empilées, du beurre et de la confiture « Abricots 90 » de la main de Marcelle.

À l'étage, il frappait doucement à la porte, attendait l'aval d'un faible oui pour faire son entrée, avant d'aller ouvrir les volets. Chaque jour, il s'approchait d'elle en disant : Apollonia, comment as-tu dormi ? Tu as un prénom de princesse, magnifique, comme une cathédrale.

Une rapide lueur traversait les yeux clairs de sa belle-fille puis disparaissait. Apollonia buvait son café par toutes petites gorgées sans jamais rien répondre. Le regard et la langue perdus. Elle ne touchait ni aux biscottes, ni au beurre, ni à la confiture. Du liquide chaud, c'était tout.

Michel s'asseyait sur le lit et bavardait à propos du temps, du jardin, des actualités, avant d'embrayer sur sa tournée de jadis, quand il était facteur. Il en parlait sans cesse. Il avait adoré sa vie à vélo, qu'il vente, qu'il pleuve. Il avait adoré croiser chaque jour les villageois prenant leur courrier avec joie ou appréhension. Les bonnes nouvelles et les moins bonnes.

Le sourire de Michel les ravissait par sa constance. Le lien qu'il créait entre eux et d'obscurs lieux incluant des BP et des CEDEX, mondes inconnus et lointains, imprimés, puis glissés dans des enveloppes, livrés en mains propres par Michel et son sourire, était une prévenance quotidienne.

Les gens ne s'écrivent plus, disait-il à Apollonia, les courriers électroniques, c'est de l'écrit impalpable, et ce qui ne se touche pas ne compte pas. À la fin, je ne portais plus que des publicités, des factures, des relevés de banque, aucune trace de stylo, d'écriture, une carte postale de temps en temps pour une grand-tante parce qu'on sait qu'elle aime ça. Souvenirs de Rome, de Budapest. Attablé à un café, on se demande ce qu'on pourrait bien raconter, une phrase originale, différente de la dernière fois. Et finalement, on se rabat sur Bons souvenirs, on t'embrasse, on te racontera. Puis on colle le timbre, après tout, ça lui fera plaisir quand même. On la glisse dans une boîte avant qu'elle échoue dans la besace du facteur.

Michel, passeur de mots en ville, taiseux sur le territoire de sa femme, tentait désespérément de réveiller la conscience de sa belle-fille.

La lettre. Quand Apollonia l'écoutait parler de ses tournées, elle se demandait où elle l'avait cachée. Est-ce que je l'ai laissée sous le matelas ? La vérité toute brute avec son jargon administratif dans son enveloppe de papier kraft, pliée et planquée sous le matelas. Elle ne savait plus. Elle ne l'avait dit à personne, pas même à Isidore. Personne. Elle avait trouvé une parade qui la protégeait du danger. Si elle ne bougeait pas, ne respirait pas, la vérité pouvait bien exister, elle ne la traverserait pas. Elle travaillait à être transparente. Et il semblait qu'elle y parvenait. Ne lui restait que son prénom comme vestige de sa mémoire. Elle sentait bien que Michel faisait des efforts, et Magdalena aussi. Mais, quand sa fille venait la voir, elle savait qu'elles seraient abattues l'une et l'autre. Les soldats de la vérité allaient les mettre à mort. Alors, elle regardait ailleurs, s'imbibait du blanc et du coton des médicaments. Elle deviendrait transparente. La vérité brute n'existait pas.

Après le collège, Magdalena montait voir sa mère, ses devoirs à la main. Quand elle frappait à la porte, il n'y avait jamais de oui, aussi faible soit-il, pour l'accueillir. Elle s'était habituée au silence. On se fait à tout. Elle entrait, saluait Apollonia d'un ton enjoué, s'approchait, embrassait la joue – aucune trace de poudre depuis des mois.

Magdalena racontait sa journée dans les moindres détails, elle n'omettait rien. Elle y pensait en classe, se répétait des phrases entières pour y mettre de l'esprit, une anecdote qui viendrait susciter la curiosité maternelle, elle inventait des situations cocasses. Ça lui plairait, elle n'en doutait pas. Elles éclateraient de rire. Elles seraient heureuses !

Mais une fois assise sur le lit, Magdalena se demandait si sa mère l'entendait. Chaque après-midi, l'enfant ravalait sa déception en brandissant ses copies. Ça, c'est tangible ! C'est une valeur sûre et objective de ce que je suis. Et aujourd'hui, je suis un 18 et un 19. Belle récolte, non ? Maman ?

Maman ne répondait rien. Maman regardait ailleurs.

Tout foutait le camp et pourtant, Magdalena étudiait sans relâche, avec un soin et une exigence irréprochables. Pas pour être la meilleure, simplement pour tenir, surnager au-dessus de cette eau profonde qui pouvait la happer dans un tourbillon. Au-dessous de 15, elle se noyait. Un 20, elle survivait. Et puis faire ses devoirs, rabâcher ses leçons lui permettait d'oublier par intermittence le coup de poing qui assommait tout espoir, toute pensée joyeuse, lorsque lui venait à l'esprit l'image de sa mère allongée.

La tête posée sur la vitre, Magdalena s'endort. Sommeil de plomb, anéantissement de ses forces, porte close, fondu au noir.

Son corps suit les mouvements du train, brefs balancements provoqués par la vitesse. Magdalena s'absente du monde.

Du noir profond, couleur dense qui imbibe sa conscience, naît du bleu. Une tache d'abord en son centre qui lentement dilue la matière épaisse, la détrempe jusqu'à disparition totale. Le bleu remplace le noir.

Des frémissements apparaissent à la surface de l'indigo qui se fait liquide, et bientôt des vagues régulières. L'océan est tout entier dans son esprit.

Marée basse, temps clair, reflets tachetés du soleil, mosaïque éblouissante jaune et vert pâle qui vibre. Étendue infinie dans le rêve de Magdalena. Sensation intérieure d'immensité, dilatation de sa conscience. Son corps contient la vision, il ne bouge plus, mis à part quelques soubresauts nerveux des doigts.

Le rêve est un mouvement immobile. Il inclut le ciel et le couloir d'un théâtre.

Le bleu a disparu, il n'y a plus qu'un labyrinthe de passages étroits, lumières tamisées, moquette rouge au sol, papier peint jauni qui s'effrite au mur, plafond bas. Magdalena court, elle transpire. Un instant auparavant dans sa loge, la voix du régisseur la prévenait de sa prochaine entrée en scène. Un instant auparavant, elle savait exactement où elle allait.

Dans le couloir, elle n'a plus rien reconnu, elle a perdu pied.

Peur panique.

Des portes et des portes, elle en ouvre certaines qui donnent sur du vide. Derrière d'autres portes, des escaliers étroits. Et bientôt, tout s'accélère, les portes, la transpiration, la respiration, elle court, éperdue, sur un tapis mécanique recouvert de moquette et lancé à toute vitesse. Elle ne sait plus son texte. Elle ne sait plus rien. Elle va mourir.

Elle va se jeter sur scène et mourir.

La lumière, le rouge, les battants en bois, le flottement de la moquette. Et ça tangue. Et soudain, le noir de nouveau, l'anéantissement.

L'océan s'est engouffré dans une faille de la pensée de Magdalena. Sa tête glisse sur la vitre du train, ses doigts ne bougent plus. Et tout son corps s'abandonne au relâchement de ses muscles.

Maman est partie.

Un jour, Magdalena était revenue du collège, c'était le début du printemps, elle se souvient très bien des magnolias en fleur sur le chemin. Il y avait une agitation inhabituelle dans la cuisine. Des mouvements qu'elle distinguait depuis le couloir, et surtout ça gueulait fort, ça parlait vite. Et puis autre chose, sans qu'elle sache dire quoi.

Des années plus tard, elle saura dire l'absence. L'absence ressentie au premier pas dans la maison. Ce pas qui résonnait soudain dans le vide.

Quand elle était apparue sur le seuil de la cuisine, tous s'étaient tus. Marcelle, Michel et Isidore, pétrifiés. Le grand-père assis derrière la petite table, elle qui s'essuyait les mains au torchon accroché près de l'évier, et Isidore debout, appuyé contre le buffet. Les trois regards s'étaient figés sur l'adolescente, jusqu'à ce qu'Isidore dise : maman est partie.

Les semaines qui suivirent le départ d'Apollonia furent plombées de silence. On se retrouvait le soir autour de la table en Formica devant le poste de télévision. La première chaîne allumée, les informations, ses publicités, ses reportages, ses chiffres, ses sondages, on trouvait à redire sur les nouvelles du monde entier, mais sur l'absente, rien.

Chaque matin, autour de la même table, le canapé-lit encore ouvert, Diego en peluche gisant sur l'oreiller, télévision éteinte, Magdalena demandait, elle est partie où, maman ?

Se reposer, on te l'a déjà dit cinquante fois.

Elle pouvait pas se reposer ici ?

Non, elle pouvait pas, elle pouvait plus, et nous, non plus.

Pourquoi ? Elle vous a fait quoi, maman ?

C'était à ce moment-là que Marcelle tapait du poing sur la table, lui ordonnant de se taire, les bols et les petites cuillères tanguaient.

Magdalena soutenait autant que possible le regard furieux de sa grand-mère, et répétait, elle est partie où ?

On te l'a dit, partie se reposer chez des professionnels !

C'est qui les professionnels du repos ?

Quand Marcelle n'en pouvait plus, elle se tournait vers son fils. Et toi, dis donc, t'as rien à lui répondre à ta gosse ?

Isidore se redressait à peine, le regard fixé au sol, on te l'a dit, Magda, elle est partie se reposer.

Elle revient quand ?

On sait pas, arrête avec tes questions !

Elle arrêtait avec ses questions, mais recommencerait le lendemain. Elle observait son bol, les céréales qui ramollissaient trop vite dans le lait, se taisait jusqu'à ce qu'on lui dise, c'est l'heure d'aller au collège, dépêche-toi, tu vas encore être en retard !

J'ai jamais été en retard !

Elle mettait son blouson, attrapait son sac à dos, claquait la porte derrière elle.

Elle posait, chaque matin, les mêmes questions tout en sachant qu'on ne lui répondrait pas. Dès le premier jour, elle avait compris qu'elle ne reverrait pas sa mère de sitôt, peut-être jamais. Elle se répétait, peut-être jamais, sur le chemin du collège, et elle donnait des coups de pied dans les fleurs de prunus amoncelées sur le trottoir.

Il lui fallait quinze minutes pour rejoindre l'établissement, au centre-ville, depuis la maison en périphérie. C'était son temps à elle. Un moment où elle n'avait pas à contrôler les expressions de son visage, son désarroi, l'immense tristesse qui la submergeait, la prenait au dépourvu, au coin d'une rue, pendant les cours. La nausée.

Au collège, personne n'était au courant, personne ne saurait rien. Elle garderait le cap, notes incluses, sans sourciller, avec panache. Elle rafistolerait son radeau autant qu'il le faudrait, mais elle tiendrait bon.

Magdalena se réveille. Un bruit, on ne sait pas, mais elle sursaute. Elle regarde sur son portable. Il lui reste une heure de voyage.

Elle étire son cou. Sa nuque est endolorie par la position penchée. Elle se demande comment elle a pu tenir sans savoir, comment elle a survécu une fois que ses questions se sont épuisées, une fois que son père les a quittés, lui aussi, quand elle n'avait plus que la rengaine de Marcelle et les yeux abattus de son grand-père.

C'est Antigone qui l'a sauvée, pas celle de Sophocle, non, celle d'Anouilh. Le premier personnage à l'avoir percutée de plein fouet. Antigone est devenue son amie, son autre. Celle espérée qui comprend tout, prend tout, ne se sépare jamais, n'abandonne pas, n'y pense même pas. Celle qui l'avait traversée tout entière d'un bout à l'autre, à bras-le-corps s'était emparée de son esprit, de sa mémoire, de sa bouche, des phrases qui en sortaient, celle qui façonnait ses gestes. Elles étaient ensemble. Magdalena n'était plus seule.

Magdalena entrait en vie comme d'autres en guerre, son armée intérieure déployée en ordre de bataille. Sur scène de même, étendard au vent, mots engloutis, rabâchés, malaxés, pris et appris, joués et déjoués.

Chaque réplique d'Antigone, quand elle avait débuté l'atelier théâtre en classe de troisième, était taillée pour elles deux. Mêmes corps, mêmes langues.

Le professeur lui avait pourtant dit, elle est trop maigre pour toi, Antigone. Le prologue le spécifie, *la petite maigre qui est assise là-bas.* Tu es trop belle, Magdalena, pour être Antigone. Tu dois être Ismène.

Elle s'était dressée devant monsieur Berthelot. Vous en savez quoi de la beauté, monsieur ? La petite maigre, elle est ici, lui avait-elle dit en pointant son propre cœur. Elle est ici, et c'est moi. Je le sais.

Avant de tourner les talons.

Son corps avait changé ces derniers mois. Elle ne pouvait pas l'ignorer. Ses seins avaient poussé, elle avait même cru que ça ne s'arrêterait jamais. Elle ne savait pas quoi en faire. Elle les trouvait trop gros. Ça la gênait pour courir, grimper aux arbres, s'habiller, se cacher. On ne voyait qu'eux.

Marcelle l'avait accompagnée acheter un soutien-gorge au centre du bourg. Dans la vitrine de la boutique, des mannequins sans tête ni jambes étaient affublés de lingerie aux dentelles affriolantes, aux bonnets si grands qu'ils auraient aisément pu recouvrir le crâne d'un nourrisson. Mais ce n'était pas un de ceux-là qu'elles venaient chercher, c'était un soutien-gorge en coton, tout simple.

Ça lui fait mal pendant le sport, expliqua la grand-mère. Magdalena avait rougi, bredouillé quelques mots incompréhensibles. La vendeuse détailla la jeune fille, puis déclara, j'ai ce qu'il vous faut.

Après avoir fouillé dans un des tiroirs sous le comptoir, elle extirpa un soutien-gorge sans armatures, triangles blancs surmontés d'élastiques. Rideau de la cabine d'essayage bien tiré derrière elle, Magdalena enleva son blouson et son T-shirt, enfila le soutien-gorge, mais ses doigts maladroits n'arrivaient pas à le fermer.

Tu peux m'aider ?

La grand-mère avait ouvert le rideau d'un coup sec, sans prendre la peine de le rabattre.

Oui !

Je trouve pas les attaches.

Et Marcelle agrafa en une seconde le soutien-gorge, regarda le résultat dans le miroir par-dessus l'épaule de sa petite-fille et décréta, il est parfait !

Elle s'était ensuite tournée vers la vendeuse, on va vous en prendre deux.

Magdalena était ressortie humiliée, il lui semblait être à la vue de tous, alors que la boutique était vide.

Cette même année, elle avait eu ses règles. D'abord un premier saignement, une légère trace rouge sur sa culotte, puis plus rien pendant des mois. Jusqu'au jour où elle sentit quelque chose se tordre dans son bas-ventre. Aucun doute, des règles, des vraies, annoncées fièrement à sa grand-mère.

J'ai mes règles !

Quoi ?

Marcelle lui avait alors donné une bonne claque, laissant Magdalena interloquée.

C'est comme ça qu'on fait, c'est la tradition.

La jeune fille s'était enfuie en pleurs dans le garage. Elle en voulait à cette vieille peau d'exister, et à sa mère de ne pas être là.

Tout se transformait, tout allait trop vite. Elle n'était pas prête, elle se sentait devancée par l'attention qu'on lui portait. Dans la rue ou quand des voisins passaient à la maison, ils ne disaient plus « comme tu as grandi ! », mais « comme tu as changé ! ». Les femmes la complimentaient, les hommes la détaillaient.

Jeff, le meilleur ami d'Isidore, était venu boire un verre un soir. Ça faisait longtemps qu'on ne l'avait pas vu. Assise sur le canapé, Magdalena lisait. Elle se leva pour le saluer. Il l'avait contemplée, stupéfait. Oh la vache… Son regard n'était plus celui qu'elle connaissait, protecteur et indifférent. Non, tout à coup profond, insistant, il la transperçait.

Jeff s'était ensuite approché pour lui faire la bise. Il l'avait tenue par les épaules à peine trop longtemps. Il s'attardait à examiner le grain de sa peau, à sentir ses seins si frais contre son torse. Elle avait l'impression qu'il la reniflait. Une ou deux minutes, avant qu'il ne rejoigne Isidore dans la cuisine.

Magdalena s'en souvient bien, c'étaient les jours précédant l'installation de son père, à cinquante kilomètres de là, avec Sophie.

Dans la cuisine, Jeff s'était exclamé, elle est explosive, ta fille. Il n'avait pas dit, c'est une bombe. Il y avait du respect dans le choix de son vocabulaire. Il ne fallait pas effrayer le père, mais la beauté de Magdalena l'avait électrisé. Et l'adolescente s'en était rendu compte.

Si Magdalena n'avait pas vu venir le départ de sa mère, celui de son père avait été lourdement annoncé. Des sorties fréquentes avec Sophie quelques semaines après la disparition d'Apollonia. Sophie par-ci, Sophie par-là, faisant sa cour à grand-mère Marcelle qui ne demandait que ça. Magdalena ne s'y trompait pas, ça la dégoûtait. Flatteries, obséquiosité, Sophie la bouche pleine de miel. Mielfiel, mielfiel, mielfiel, se répétait Magdalena.

Elle est bien cette Sophie, s'extasiait Marcelle. Et Isidore de hocher la tête, si tu savais comme elle est formidable. La grand-mère le regardait d'un air un peu dur, de celle qui ne voulait pas prendre parti, mais ne pouvait pas s'empêcher d'ajouter, c'est sûr que ça doit te changer.

Isidore maintenant ne rentrait qu'un soir sur trois, et bientôt plus du tout.

Sophie habitait à cinquante kilomètres, elle avait trois enfants en bas âge. Elle les élevait seule, on ne savait pas pourquoi. Un divorce comme un autre certainement. Elle avait dit à Isidore, viens vivre avec nous. Je voudrais un homme près de moi.

Et lui s'était ému d'entendre ça.

Des années qu'il ne croyait plus à la possibilité d'un amour. Il se sentait fort tout à coup. Avec Apollonia, toujours quelque chose lui échappait, pourtant il l'avait aimée comme un fou, réussissant même à l'imposer à sa mère.

Il se souvenait si bien de ce bal sur la grand-place le 14 juillet 1965. Il avait 16 ans, elle 26. Apollonia ne l'avait pas reconnu. Tu es le fils de Marcelle, ma collègue ? Incroyable ! Elle n'en revenait pas. Et ils avaient discuté, dansé un peu, aucun danger, aucune équivoque. Elle voyait seulement la jeunesse de son corps fin et tendu, alors que lui s'était aussitôt enflammé.

Elle vivait dans une chambre en haut de l'école primaire où elle enseignait, et il avait commencé de lui écrire. Une lettre par jour, qu'il déposait dans sa boîte à dix-neuf heures précises. Isidore y détaillait comme l'amour explosait dans son cœur depuis ce soir-là. Il insistait, regarde, je ne suis plus un enfant, regarde comme je t'aime. Il lui révélait son éblouissement, et comme ce sentiment offrait une profondeur soudaine à sa vie.

Pendant un an, il avait glissé des missives sans jamais recevoir de réponse, souffrant en silence. L'indifférence d'Apollonia lui crevait le cœur. Quand il la croisait dans la rue, il voyait qu'elle blêmissait, changeait de trottoir, mais il n'osait jamais demander, pourquoi ne me réponds-tu pas ? Non, un matin il cessa simplement de lui écrire.

Il avait rencontré Nathalie, qui s'était laissé séduire avec joie. Et ils s'étaient aimés pendant deux ans.

Quand ils faisaient l'amour, c'était doux et tendre. Mais Apollonia continuait d'obséder son esprit, son cœur restait près d'elle. Alors un dimanche, il s'en souvenait aussi clairement que du bal, il s'habilla d'un costume, acheta des fleurs et, avec témérité, monta quatre à quatre les escaliers de l'école désertée. Il frappa à la porte, et Apollonia ouvrit en grand. Il l'embrassa avec fougue, la regarda, l'embrassa de nouveau. Il la sentait contre lui qui cueillait ce baiser. Il lui dit en jetant le bouquet de pivoines pourpres sur le lit, il y a si longtemps que j'attends cet instant.

Apollonia si belle. Ses bras, ses mains, sa peau laiteuse, comme elle s'abandonnait quand ils faisaient l'amour. Elle fondait, il n'y avait pas d'autre mot, elle fondait entre ses doigts, autour de son sexe, dans sa bouche. Il la rencontrait alors entièrement et ils s'endormaient ensuite embrassés. Parfois la nuit, elle le caressait doucement, disait quelques phrases inintelligibles. Quand il lui demandait le matin ce qu'elle avait murmuré, elle ne se souvenait jamais.

Pendant des années, il l'avait aimée comme au premier jour. Il voulait un enfant, elle n'en voulait pas. Et miraculeusement, onze ans après leur rencontre, Magdalena était née. Mais au fil du temps, et sans qu'ils sachent réellement pourquoi, leur lien s'était distendu.

Ce qu'Isidore avait longtemps pris pour un mystère, une part cachée que sa femme ne lui laissait jamais entrevoir, était un lieu désert. Il mit plus de deux décennies à se le formuler. Il n'y a pas de mystère, il n'y a rien. Apollonia cachait du vide et il lui en voulait. Il se sentait floué. Et la dépression avait fini d'achever leur amour.

Alors, quand Sophie avait dit, je te veux près de moi, il l'avait crue avec force. Il allait s'offrir une nouvelle vie.

Marcelle avait demandé : et Magda ?

Magda est grande, non ? Elle n'a plus besoin de moi.

Isidore voulait tenter le tout pour le tout avec Sophie. Il y avait droit. Il se rebiffait contre les années passées à porter Apollonia à bout de bras. Avec une assurance forcée, il avait dit à sa mère que ça lui ferait beaucoup de mouvements, à Magda, beaucoup d'allers-retours, alors qu'ici elle est près du collège. Avec vous, elle est bien ! Et moi, je viendrai vous rendre visite. Cinquante kilomètres, c'est pas si loin.

Marcelle avait regardé longuement ce fils unique, qu'elle aimait et protégeait comme la prunelle de ses yeux. Il n'avait jamais été bien costaud. Il s'était entiché, si jeune, d'Apollonia, alors qu'elle espérait autre chose. Elle l'avait prévenu, je la vois à l'école, elle est bizarre, fragile. Tu devrais prendre ton temps ! Mais il ne l'avait pas écoutée.

Sophie était une femme plus solide, et ça faisait plaisir à son cœur de mère de voir son fils maintenant si heureux.

Alors, elle lui avait répondu lentement, d'accord. D'accord pour un temps. Le temps que tu t'installes, mais après Magda vivra avec vous.

Personne n'était dupe.

Magdalena traverse les voitures 2 et 3 pour aller au bar. Elle commande un café serré et une bouteille d'eau, puis s'accoude aux tablettes près des fenêtres. Elle regarde le paysage défiler, avale son café d'un trait, se brûle, boit quelques gorgées d'eau. Elle sort ensuite son téléphone de son sac pour écrire à Adèle.

Je serai de retour à Paris pour la lecture d'*Antigone*, ne t'inquiète pas. Je t'embrasse. M

Dans ce train, elle a l'impression de voler du temps. Entre passé et présent, elle perd tous ses repères. C'est grisant et inhabituel dans sa vie organisée des mois à l'avance en fonction des productions, répétitions, représentations, tournées.

Adèle reçoit les propositions, Magdalena décide si elle en a envie, ou pas. Du Sophocle ? Tu reprendras bien un peu de Beckett ? Ou une petite série, un film ?

Ça la déprime de devoir répondre de son désir en amont. Elle aimerait éprouver de la joie chaque fois, mais n'y parvient pas. Adèle lui répète, c'est formidable tu sais, tous ces gens qui veulent travailler avec toi ! Elle ne tarit jamais d'éloges sur les metteurs en scène et les réalisateurs. Lui dit qu'elle devrait tourner plus. Mais Magdalena n'aime pas le cinéma. Devant une caméra, il faut qu'elle soit une personne, pas un personnage. Elle déteste ça. Au théâtre, elle peut jouer. Elle veut jouer. Elle aime le texte, elle veut toujours plus de texte. Au cinéma, il y a trop de silence. Un mouvement de paupière, un sourire, un soupir à peine esquissés, et ça suffit. Elle a le sentiment d'être disséquée par les caméras – trop près, trop profond, trop de peau –, la pellicule capte un espace d'elle-même inconnu, et le garde en mémoire. Elle a beaucoup tourné au début de sa carrière, maintenant elle préfère la fugacité du théâtre. L'intensité du présent. Elle aime sentir la salle, les spectateurs, les tensions sur le plateau et en coulisses. C'est dans cette communion qu'elle est tout à fait vivante.

Mais dans ce train aucune communion, un voyage en solitaire. Personne à prévenir, juste Adèle. Il y aurait bien un ou deux prénoms dans sa liste, plus même, en cherchant bien, mais aucun qui soit assez proche pour entrer dans ce noyau si intime, si glacé qu'est la disparition de sa mère. Cette solitude ne l'attriste pas, elle l'a choisie. Elle la protège même.

Magdalena soupire, le paysage glisse sur son visage, le temps d'un voyage et de remonter ce temps. Elle finit sa bouteille d'eau, retourne à sa place. La dernière heure passe, suspendue.

Arrivée à Bordeaux, elle achète des articles de toilette, démaquillant, brosse à dents, dentifrice, dans une boutique de la gare. Un peu plus loin, un sandwich, jambon beurre écrasés entre deux morceaux de baguette durcis par le froid. Elle en prend une bouchée. Ça a le goût insipide du plastique.

Magdalena mâche avec application tout en se dirigeant vers le loueur de voitures. Elle doit traverser la gare, se trompe de sens, demande son chemin, revient sur ses pas, hésite. Ses jambes flanchent. L'air qui l'entoure semble une matière cotonneuse qui l'empêche de faire le point, elle voit trouble. Elle avance sous les voies. Le bruit de ses escarpins résonne dans le dédale des souterrains.

Enfin, le loueur lui tend la clé d'une petite voiture rouge. Vous verrez, elle est toute neuve !

Après avoir fait le tour du véhicule, Magdalena s'installe, jette son sac sur le fauteuil passager. Sur l'écran du tableau de bord, elle enregistre le nom du village : Calonges. L'itinéraire apparaît, 1 heure 16 minutes, rocade, autoroute A62, sortie numéro 5. Le trajet lui semble trop simple. Elle n'est qu'à une heure de sa mère, ça la désarme d'un coup.

Enfoncée dans le siège, crâne calé contre l'appuie-tête, elle pose les mains sur ses cuisses et respire, comme avant d'entrer en scène. Yeux fermés, inspirations et expirations profondes dans le bas-ventre, esprit qui suit les mouvements afin de décélérer le rythme cardiaque. Concentration.

S'il te semble en ce jour qu'en folle j'ai agi,
peut-être est insensé qui me croit hors de sens.

Elle appelle Sophocle à l'aide quand sa pensée est paralysée par une émotion qui la submerge.

est insensé qui me croit hors de sens. Plusieurs fois, les lèvres qui bougent dans le silence de la voiture, avant d'ouvrir les yeux et de ravaler ses larmes.

Elle attend, puis démarre pour aller dire à sa mère, en ce jour lointain, en folle tu as agi. Et chacun de mes jours en a été la conséquence. Et maintenant que je suis à une heure de toi, je ne sais plus comment t'appeler. Maman ? Alors que j'ai passé des années à hacher menu ce mot. Te dire, maman pourquoi m'as-tu abandonnée ? Et ainsi entrer dans une tragédie trop humaine où Sophocle n'aurait pas voix au chapitre ?

Maman est tombée nue dans le silence de l'absence.

Magdalena démarre, sort du parking. Elle suit les indications précises énoncées par la voix féminine qui l'accompagnera jusqu'à destination. Des à droite à gauche au rond-point prenez la troisième sortie. Beaucoup de ronds-points. Et puis, le temps du parcours se réduira irrémédiablement, sauf détours, sauf demi-tour.

Magdalena cale à un feu, n'arrive pas à redémarrer sa petite voiture rouge.

Et sinon, quoi de neuf ? lui demanderont, dans cinq jours, ses collègues réunis autour d'une table sur la scène du théâtre.

Oh rien, une virée dans le Sud-Ouest... Rien de neuf, que du vieux, murmurera-t-elle.

Elle enclenche de nouveau le moteur, et décide de ne pas se laisser assaillir par ces ricanements, par tout ce qui la retourne, la détourne, la met hors de sens. Elle se concentre sur la route. Droit devant.

Magdalena suit les instructions sans se tromper. Vignes, vergers. C'est plat. Elle n'est jamais venue dans la région. Après les kilomètres d'autoroute, elle rejoint une départementale cernée par des champs à perte de vue, où se greffent de grosses fermes affublées de séchoirs à tabac, brun foncé, souvent délabrés. Elle mémorise, veut retenir ces images. Qu'aucune pensée ni question ne vienne la distraire et l'empêcher de découvrir ce territoire nouveau. Hanté.

Bientôt, elle longe le canal latéral à la Garonne. Le long du cours d'eau, que rien ne semble perturber, des platanes se serrent les uns contre les autres. Tableau idyllique d'une campagne domestiquée. Quand il ne reste plus qu'un kilomètre à parcourir, Magdalena s'arrête.

Elle gare la voiture en contrebas du talus. Elle escalade le terre-plein, et se retrouve sur la piste cyclable goudronnée qui borde l'eau. La maison éclusière est à plusieurs centaines de mètres en suivant la piste. Personne autour, pas un bruit, le canal avance à faible courant. Les feuilles des arbres criblent le ciel d'ombres, une buse tournoie.

Est-ce que tu viens te promener ici ? As-tu pensé à moi sur ce chemin ?

Magdalena secoue la tête, élude, observe le vol du rapace. Elle a froid tout à coup. Elle est parcourue de légers tremblements.

Elle regarde ses escarpins. Se présenter comme ça, avec sa tenue de ville ? Elle devrait peut-être s'acheter d'autres vêtements et revenir plus tard. Elle se sent ridicule avec sa petite voiture, son chemisier de soie, ses billets de cinquante dans son portefeuille.

Bonjour, tu ne me reconnais pas ? J'ai 44 ans et je voudrais être différente.

Je ne te reconnais pas non plus. Une vieille dame de 81 ans. Une vieille dame, une grand-mère. Non, pas une grand-mère, Magdalena n'a pas d'enfant. Une vieille dame uniquement. Seule ?

La gorge de Magdalena se serre.

C'est le moment de fuir. Ni vu ni connu, elle rebrousserait chemin, rendrait la voiture, remonterait dans le train, prendrait le métro.

Magdalena touche son cou, le pansement est tombé. Elle pourrait demander à la dermato de combler ses rides. Dix ans de moins, ce serait parfait. Sa mère aurait toujours 81 ans, mais elle en aurait 34. Ça lui laisserait le temps de réfléchir, et à Apollonia celui de mourir. Ce serait réglé une bonne fois pour toutes. Pas de questions, pas de réponses. On continue comme avant, la gueule gonflée en sus.

Magdalena enlève ses chaussures, pose ses pieds nus sur le terre-plein. Plantes humides, boutons d'or, pissenlits. Elle s'imprègne, et commence de marcher. D'abord lentement. Un kilomètre le long du canal.

Magdalena a tout laissé dans la voiture, sauf les escarpins qu'elle porte à la main. Elle avance sur l'herbe, entre l'asphalte de la piste cyclable et le lit du cours d'eau. Bientôt, elle aperçoit une écluse, se presse, écrase un escargot au passage, qui craque sous son pied, qui la blesse.

Elle accélère encore le pas. Ça lui plaît de courir sur les plantes trempées, de prendre le risque de glisser – de plonger et de la rejoindre à la nage ? –, de se couper pour de bon sur un tesson de bouteille abandonné. Ça lui plaît cette nouvelle blessure au pied, ça ne l'empêche pas d'avancer, c'est son petit calvaire. Magdalena foule toutes les années de supplice, piétine les nuits passées à supplier sa mère de revenir. Elle saccage l'absence, l'enjambe. Et chaque pas la rapproche de la maison éclusière.

Magdalena la distingue nettement à présent. Là-bas.

Un cycliste s'arrête, lui demande si tout va bien.

Et comment ! Et comment !

La bâtisse est à quelques mètres, de l'autre côté du canal. Elle reprend son souffle. Il lui suffit de traverser l'écluse et d'aller frapper. D'ici, elle voit que les volets sont fermés. C'est une toute petite maison, presque une cabane. Une porte en son centre flanquée de deux fenêtres de chaque côté. Une cheminée et une vieille antenne télé sur le toit. Un peu plus loin, il y a des ruches, une dizaine. Les alentours sont en friche. La peinture turquoise pèle sur les persiennes. Sensation triste et humide. Délabrée.

Elle laisse tomber ses escarpins sur le sol, traverse l'écluse en passant la chaîne qui en interdit l'accès.

Devant la porte, Magdalena se fige. Elle grelotte, ses dents claquent. À la place de la sonnette, un trou dans le mur gris d'où pendouille un fil électrique.

Elle frappe d'abord doucement, puis de plus en plus fort. Elle attend, écoute. Rien. Pas une réponse, pas un bruit. Seulement un chat noir qui a surgi de nulle part et se frotte à ses jambes. Il a un collier, elle ne perd pas espoir.

Elle frappe encore, attend, écoute.

Rien.

Magdalena fait le tour de la petite maison, le chat sur les talons. Le chemin qui mène aux ruches est souvent emprunté, quant au reste de la parcelle, il ressemble à un dépotoir. Outils de jardin rouillés, brouette trouée renversée, bouteilles vides, assiettes cassées. Elle est brusquement prise de vertiges. Bras tendus, elle prend appui contre un des murs de la maison, attend que ça passe, mais la nausée la terrasse par vagues de plus en plus puissantes. Et soudain, elle vomit bile, café, morceaux de sandwich en plastique. Tout sur le crépi.

Merde, merde, merde, murmure-t-elle en s'essuyant avec le revers de sa veste. Merde, et toujours elle grelotte. Sa peau se couvre de gouttelettes de sueur.

Elle s'assoit dans le seul petit carré d'herbe disponible, le malaise se dissipe. Vraiment, elle n'imaginait pas l'endroit comme ça. Elle aurait voulu être émerveillée. Mais tout ce qu'elle voit autour d'elle ressemble plus à une décharge qu'au Pays des merveilles. À la place du lapin, ce chat noir.

Elle respire profondément, se relève, reprend ses esprits, se frictionne les cuisses et les bras, continue de murmurer, merde, merde, merde, puis contourne la maison et se demande quoi faire. Elle ne va pas repartir. Maintenant qu'elle est là, elle reste. Il lui faut seulement s'équiper, avoir de quoi attendre, peut-être même tenir un siège.

La nausée passée, sa pensée est nette. Elle pourrait aller à l'hôtel et revenir demain ou bien approcher la voiture, et patienter à l'intérieur, le capot collé à la porte en attendant qu'elle s'ouvre. Mais elle n'a pas envie de ça. Elle préfère un équipement léger, un campement de toile.

Elle retourne à la voiture d'un pas rapide, sans courir cette fois.

Avant de démarrer, elle fouille son sac, trouve un paquet de chewing-gum, en mâche deux d'un coup pour faire disparaître le goût de bile, rallume son téléphone. Sonneries dans tous les sens l'avertissant de messages qu'elle ne consulte pas. Non, elle cherche le Décathlon le plus proche. Il est à vingt kilomètres, il lui reste une bonne heure avant la fermeture.

Elle rejoint la D113, traverse une zone commerciale, aperçoit enfin l'enseigne bleue, se gare et passe les portes coulissantes.

Jordan – c'est écrit sur son badge – la repère aussitôt. Il a une vingtaine d'années, jogging deux rayures, baskets en suspension, T-shirt près du corps corporate, barbe d'une semaine parfaitement entretenue, mèche gominée plaquée sur le côté, yeux noisette soulignés par des cils fournis et recourbés.

Jordan est beau et souriant. Il parle avec un de ses collègues à la caisse quand il voit cette femme se planter devant les rayonnages, l'air hagard. Il remarque ses cheveux en bataille, son chemisier, sa veste froissée, et surtout qu'elle n'a pas de chaussures. Ses pieds nus sont sales. Il s'approche.

Bonsoir, madame. Je peux vous aider ? Vous cherchez des chaussures ?

Non, je cherche une tente.

Tout va bien, madame ?

Très bien, pourquoi ?

Elle suit le regard de Jordan vers ses pieds. Elle lui explique qu'elle a laissé ses escarpins près du canal.

Vous pouvez m'indiquer où sont les tentes ?

Pour combien de personnes ?

Juste pour moi.

Il lui montre les tentes, le système d'ouverture si simple – elle n'arrivera jamais à la refermer correctement –, les duvets, il s'obstine pour des chaussures, vraiment madame, vous devriez, elle prend des baskets – qu'elle trouve affreuses –, des chaussettes, trois T-shirts et une polaire. Un duvet bien chaud en plumes, avec des plumes, pas de synthétique, elle insiste. Et un petit matelas de bivouac qui ne nécessite pas de pompe, vous me voyez avec ma pompe rentrer à Paris ?

Et sinon, vous avez des culottes ?

Jordan rougit.

Que des strings running respirants.

Des quoi ? elle le regarde ahurie. Je crois que je vais faire sans.

Jordan a eu le temps de l'observer. Elle est belle, trop vieille pour lui – encore que – mais superbe. La manière dont son corps bouge surtout, c'est ce qu'il se dit. Ses mouvements sont déliés, elle avance à grands pas. Il y a quelque chose de souple et de déterminé dans sa démarche. Et puis, ses cheveux épais, brillants, dans tous les sens. Ça l'excite.

Je peux vous aider pour autre chose, madame ?

Non, je crois que j'ai tout.

Vous êtes de passage ici ?

Elle tire son panier à roulettes bien rempli, elle y a mis les chaussettes, les T-shirts, le duvet, les baskets qui sont attachées par un antivol. Jordan a la tente sous le bras.

Elle lui répond, oui, et ajoute, je rends visite à ma mère.

Elle adore le dire, c'est la première fois. Il ne se doute de rien, ça semble si normal. Elle répète plus fort et bien distinctement, je rends visite à ma mère à Calonges, elle habite la maison éclusière sur le canal.

Elle peut pas vous héberger ?

Ça la prend au dépourvu. Elle hasarde :

Je dors toujours sous une tente, j'ai juste oublié la mienne.

Complètement cinglée, pense Jordan en posant la tente sur le tapis de caisse.

Vous êtes bien équipée maintenant, madame.

Et elle lui sourit. Lumineux, radieux, extraordinaire sourire.

Dans un sac en plastique de maïs, elle ajoute à tout le reste des barres protéinées et de l'eau. Il la regarde sortir sa liasse de billets, payer cash et mettre les chaussettes. Il lui tend les baskets, puis l'accompagne jusqu'à sa voiture avec la tente, le duvet et le matelas sous le bras.

Magdalena repart sous la pluie. Elle connaît le chemin, n'allume pas le GPS, avance tranquille. Elle a sa tente et ses chaussettes, a même pensé aux barres protéinées. Elle se sent forte. Dans cette situation impossible, à peine croyable, elle parvient à garder le cap. Elle conduit vers ce cap, sa mère. Et Magdalena est prête à tenir le siège devant la petite maison éclusière, le temps qu'il faudra. Tout le temps qu'il faudra.

Bientôt, elle longe le canal. Les brumes légères qui courent sur l'eau sont percées par les gouttes de pluie. Platanes tranquilles, canal indifférent à ce que pense cette femme, au drame familial qui pourrait, dans de brusques éclats de voix, venir rider, puis déchirer un instant la surface lisse de ce miroir d'algues et de crapauds.

Magdalena se gare, cette fois-ci, près de la maison. Elle veut planter sa tente devant la porte pour dormir au plus près, afin de ne rien perdre des mouvements qui feraient trembler l'huisserie. Rien ne doit lui échapper.

Avant de sortir de la voiture, elle enfile la polaire sur son chemisier de soie.

La tente s'ouvre effectivement en deux secondes, elle est époustouflée. Le jeune homme de Décathlon – comment s'appelait-il déjà ? – le lui avait certifié.

Vous verrez, en deux secondes, montre en main !

Elle n'a pas de montre, mais ça s'est ouvert dans un déploiement et une rotation extraordinaires. Pour fixer les piquets au sol, un gros caillou fait l'affaire. La tente est solide, verte au milieu des herbes folles, non loin de l'écluse, à trois pas de la porte. Le chat finira sûrement par y entrer, un chat ronronnant, bien chaud, qui s'installera sur son ventre ou bien au creux de ses jambes pliées. Magdalena sourit, ce sera de la chaleur et de la compagnie.

Elle place, à l'intérieur, le matelas en forme de planche de surf. Chaque renflement de plastique patiemment gonflé à la force de ses poumons, lèvres serrées sur l'embout. Elle est fin prête. La forteresse à assiéger est une porte écaillée qui verrouille un lieu froid, glacé même, celui de sa mère.

Le cœur congelé. Apollonia. Depuis trente ans, la poudre de riz figée, le regard noyé dans les anxiolytiques et les somnifères pour effacer les visages qui bombardaient son esprit nuit et jour. Le paradis devenu enfer. Enfer de neige, enfer de bruits, enfer de haine. Vacarme qui délitait son cerveau, alors qu'elle tentait de reconstruire l'histoire avec les fragments qui lui avaient été donnés. La lettre expliquait tout si clairement, mais ça se brouillait. Elle ne comprenait pas ce qui était écrit. Les médicaments l'aidaient à mélanger les noms et les lieux. Elle restait assise sur le trottoir de sa conscience en regardant les convois passer. Elle voyait le vrai et le faux se mêler intimement jusqu'à ensevelir la vérité. Elle ne savait plus qui elle était. On lui avait menti depuis toujours sur son identité ? Elle aurait pu tenter de comprendre, parler, accepter. Dire aux autres ce qu'elle venait d'apprendre et recommencer sur une belle page blanche. Une nouvelle Apollonia. La vraie. Mais elle avait baissé les bras, s'était tue. Personne ne saurait rien. Elle avait abandonné. Tout. En laissant son cœur à l'arrêt.

Magdalena entre dans la tente, retire ses baskets, boit un peu d'eau et s'enfouit dans le duvet. Elle place son sac sous sa tête. Elle regarde la toile, écoute la pluie qui doucement ruisselle, bruit léger, rythme qui marque le temps et martèle les secondes. C'est ce qu'elle se dit, ça martèle lentement, ça frappe à cette porte qui finira bien par s'ouvrir.

Pendant les premières semaines, seule avec ses grands-parents, Magdalena s'était débattue contre tout. La rage tordait son ventre chaque heure du jour, la nuit desserrait son étreinte, puis reprenait de plus belle au petit matin. Elle allait se cacher dans le garage, Diego dans son poing, des heures à se demander comment survivre. Peut-être devait-elle partir, disparaître pour ne jamais revenir ?

J'irai faire un tour en forêt et ce sera fini pour de bon.

Elle ne mangeait plus, crachait dans ses céréales, éructait dès que Marcelle lui adressait la parole, riait au nez de Michel, désemparé. Elle écoutait, derrière la porte de la cuisine, les deux vieux se disputer.

Ça lui passera, disait l'une, elle a pas le choix.

Oui, mais ça fait quand même beaucoup pour la petite, rétorquait l'autre.

Qu'est-ce qu'on y peut ? s'indignait la grand-mère. Aujourd'hui, les couples savent pas tenir. Franchement, qui s'aime comme au premier jour ? Nous, ça fait longtemps qu'on se tolère, hein, Michel ? Nous aussi, on aurait pu tout bazarder, tout foutre en l'air. Et après, quoi ? On aurait été plus heureux ? Non, ça aurait pas été mieux. On a tenu, on n'a pas tout lâché à la première difficulté.

Magdalena ne trouvait de répit que lors des cours de théâtre. Avant de se perdre en forêt et d'en finir pour de bon, elle jouerait Antigone. Elle volerait les heures de cette jeune fille. Antigone lui appartiendrait.

Pendant les répétitions, Magdalena écoutait le prologue raconter l'histoire en entier, une histoire sans aucune surprise, celle de sa mort annoncée.

Elle pense qu'elle va mourir, qu'elle est jeune et qu'elle aussi, elle aurait bien aimé vivre.

Assise sur le banc, Magdalena se disait, oui j'aurais bien aimé vivre. Elle entendait le texte, puis le malaxait. Anouilh avait écrit noir sur blanc que ses deux frères Étéocle et Polynice s'étaient entretués pour qu'un seul règne sur Thèbes. Le premier avait eu droit à des funérailles, le second était laissé sans sépulture à la merci des charognes. Antigone allait, au prix de sa vie, recouvrir de terre le cadavre de Polynice.

Magdalena épuisait le corps d'Antigone en s'immisçant dans son esprit. Elle s'appropriait l'exaltation, le courage, le mépris, les désillusions, la force et l'amour perdu. Elle se disait qu'en amour perdu, elle s'y connaissait et que si elle venait à mourir, qui de sa mère ou de son père s'en soucierait ? Et les larmes lui brûlaient les yeux.

Monsieur Berthelot était troublé par le désespoir de cette jeune élève. Il y avait certes sa beauté et sa fraîcheur, mais surtout cette vaine fierté qui l'habitait. Il la regardait faire un tour de piste héroïque, la démarche innocente et altière. Il se disait que c'était ce qui lui avait manqué pour devenir comédien : cette nécessité absolue. Professeur de français lui convenait et il s'en sortait plutôt bien. Il aimait transmettre, donner le goût des mots, voir les visages s'éclairer et les esprits s'échauffer à la découverte de nouveaux textes.

Pour Magdalena, c'était autre chose. Elle incarnait les mots. Ils prenaient chair, bougeaient, résonnaient dans son corps. La jeune fille ne voulait sentir que cela. Marcelle&Michel alors disparaissaient, elle ensevelissait ses parents, les deux d'un coup, ensemble pour toujours. Tout partait en fumée. C'était un croisement, un mélange, une identification profonde qui lui permettait de ne pas sombrer. Sur scène, elle vibrait, ne voulait plus sortir de cet espace sacré. Écouter, depuis le banc, le prologue raconter son destin la galvanisait.

Et quand monsieur Berthelot leur demanda, est-ce que toutes les histoires sont déjà écrites ?

Elle lui répondit avec assurance, évidemment, monsieur, évidemment.

Elle pensait être un réceptacle à destins, pas en forme de livre, mais en forme de corps. On ne choisit pas ceux qui vous traversent. On peut changer de rôle, mais les destins vous rattrapent toujours, ils vous collent à la peau, vous scalpent, parfois vous sauvent.

Durant cette année de troisième, sous le regard tendre de monsieur Berthelot, Magdalena sauvait sa peau. En créant son propre monde, elle s'élaborait en glaise, se façonnait en pied, armatures dedans. Bien droite.

Quand elle entra sur scène pour la première et unique représentation – le préau transformé en salle de spectacle, fenêtres tendues de noir, chaises prêtes à accueillir le public, loges installées dans les toilettes pour filles, gloussements et transpirations – le sol s'échappa, aspiration du vide, elle exécuta alors sa danse sur le fil. Adolescente funambule et bouleversante, la robe qu'elle serrait dans son poing, le texte qui tournait en boucle dans sa bouche, ses mains moites, sa gorge sèche, sa respiration altérée, ses poumons réduits de moitié.

Marcelle&Michel spectateurs émus.

Magdalena se dit – elle se le dit distinctement, comme un engagement qui a valeur de promesse –, c'est la première fois, et ça pourrait bien être la dernière, mais sur scène, sur ce territoire enchanté, hors de portée de ma propre destinée, je suis libre, libre et puissante, puissante et en vie.

La jeune fille joua, puis salua comme dans un songe – elle ne se souviendra de rien après. Ce fut si bref, que déjà, elle était de retour dans les loges, se cognait contre les autres, avec pour seul désir d'y retourner. Elle pleura dans les bras d'Ismène, sa sœur grecque, elle pleura la fugacité du temps, la perception aiguë qu'elle en avait eue et qui ne la quitterait plus.

Jordan aimerait la revoir. Il pense à elle quand il enlève le T-shirt du magasin pour enfiler son sweat uni. Vas-y, pour une fois, vas-y. Il n'a jamais fait quelque chose comme ça. Retrouver une femme qu'il ne connaît pas, dont il ne sait rien à part ses pieds nus et sa chevelure.

Elle est fragile. Il se répète, fragile fragile, quand il sort du magasin et entre dans sa voiture. Il a envie de la prendre dans ses bras et de lui donner de la force, gentiment de lui donner de la force et de la pénétrer. Il ne se dit pas faire l'amour, baiser, non, pénétrer est le terme exact. Il la pénétrerait donc doucement, pas trop fort, pense Jordan sur le rond-point de l'hypermarché. Il hésite, fait un second tour avant de se décider à s'arrêter sur le parking de la grande surface, et d'aller acheter une bouteille de rouge. Puis il prend la route en sens inverse vers le canal.

Il la trouvera. À Calonges, il n'y a que deux maisons éclusières à quelques kilomètres l'une de l'autre. Et si elle lui a menti, possible puisqu'elle est cinglée, il boira tout seul. Ça n'a aucune importance, il boira un verre de rouge en regardant une série. Ce sera bien aussi.

Jordan n'est pas un homme à prendre des risques. Il est né à Marmande, y a fait ses études, a toujours aimé le sport. Surtout l'aviron sur la Garonne ou le canal, ramer en cadence avec les autres, fendre l'eau, être sur ce fleuve qu'il voit depuis sa fenêtre, dans lequel il nageait enfant. Ne t'éloigne pas trop de la rive, à cause du courant ! lui disait sa mère.

Et ils riaient avec ses copains, s'éclaboussaient, ricochets de galets, huile de merveilles qui dégouline sur les doigts, foison de hérons et de petits poissons, et l'odeur de la vase qui sèche sur les pierres les jours de décrue quand le fleuve se prend pour un ruisseau, quand les îles de sable surgissent formant une constellation sur le lit soudain nu.

Le canal, c'est autre chose, c'est la mélancolie et la douceur des platanes. Un paysage qui change peu, avec ou sans feuilles, d'ombre à lumière, le tout rythmé par les ponts et les écluses. Une eau calme sur laquelle on rame en avancées régulières. Jordan aime son pays, il n'en partirait pour rien au monde.

Maintenant, le jeune homme ne pense ni au paysage qui l'entoure ni à ses amis, il pense à la chevelure de Magdalena, il la sent presque dans son poing. Ces cheveux-là, il les tiendrait tous bien serrés dans sa paume, c'est une crinière, une crinière à dompter.

Jordan ne se trompe pas de chemin et trouve aussitôt la maison éclusière. Il est venu si souvent à vélo. Jamais il n'avait imaginé se garer là de nuit, près du petit banc de pierre en face de la bâtisse, enclencher le frein à main, éteindre le moteur, s'emparer de la bouteille et respirer un grand coup.

Il claque la portière derrière lui, il est ému.

Tout est sombre, la tente est montée, une très légère lumière provient de l'intérieur. Pas d'éclairage alentour. Sur le canal, la masse obscure du ciel se reflète. Jordan passe le pont, s'approche doucement, soudain désemparé.

Qu'est-ce que je fais ici ?

Il se balance d'une jambe sur l'autre devant la toile verte, ne sait pas quoi dire, finit par murmurer :

Madame ?

Puis, un peu plus fort :

Madame ?

Ça bouge sous la toile, Magdalena sort la tête :

Mais qu'est-ce que vous faites là ?

Jordan lui tend la bouteille de vin sans lui répondre.

Elle lui sourit.

Jordan, c'est ça ?

Le jeune homme reprend un peu d'assurance :

Oui, c'est ça. Et vous ?

Magdalena.

Il le répète après elle :

Magdalena, c'est joli. Vous avez un tire-bouchon ?

Évidemment que non.

Elle lui dit d'enlever ses chaussures, qu'il ne va pas rester comme ça sous la pluie, debout comme un idiot. Il retire ses baskets avant de se contorsionner pour entrer dans la tente, laisse la bouteille dans l'herbe.

Ils sont assis l'un à côté de l'autre, trop proches. Genoux repliés sous le menton, il s'excuse, n'aurait pas dû venir. Elle le regarde :

Maintenant que tu es là.

Elle le tutoie, il se détend. Il ne pense plus du tout à sa tignasse. Il ne pense plus à rien. Il l'écoute. Elle a commencé de parler.

Elle lui raconte sa décision prise en un instant. Elle est comme un aimant, ma mère, j'ai ma tente collée à elle.

Magdalena dévisage Jordan. Il ne dit rien, ne s'attendait pas à ça. Elle poursuit avec le voyage, la voiture, la course pieds nus sur le chemin du canal. La porte fermée, les volets clos, son haut-le-cœur.

La suite, tu la connais, ajoute-t-elle. Je vais rester ici le temps qu'il faudra. Elle reviendra, elle ouvrira, les deux à la fois.

Il hoche la tête, oui, elle ouvrira, c'est sûr.

La fatigue s'abat soudain sur Magdalena. Elle est épuisée, elle voudrait s'allonger pour dormir. Quand elle ne va pas bien, elle dort. Elle fuit, c'est son puits sans fond.

Je vais dormir jusqu'à ce qu'elle ouvre la porte.

Jordan hésite, il devrait s'en aller. Il a un léger mouvement de jambes, se déplier et partir, mais elle le retient.

Reste avec moi encore un peu. Prends-moi dans tes bras, s'il te plaît.

Alors, ils s'allongent à même le duvet, elle se serre contre lui. De tout son long, tout son corps près du sien. Il passe la main dans ses cheveux, ceux qu'il rêvait d'empoigner et que maintenant il caresse. Il est surpris par cet élan de tendresse qui le traverse. Il ne veut rien d'autre que la tenir embrassée. Elle s'endort aussitôt, et lui bientôt avec elle.

Jordan se réveille frigorifié, le bras engourdi. Elle dort toujours sur son épaule, sa respiration est calme et profonde. Elle semble loin, s'abandonne de tout son poids contre lui, elle pourrait aussi bien être morte. Il voudrait partir discrètement, lui embrasser le front et s'enfuir doucement en bougeant à peine. Disparaître de la tente, de cette parenthèse fortuite. Sans regret, comme ça lui arrive parfois en se réveillant près d'une femme, alors qu'il essaie, malgré l'étau qui enserre son crâne, de se remémorer la nuit. Une image, un indice tangible qui lui permettraient de remettre en ordre ses souvenirs. À cause du sexe, encore le sexe. Jordan dit qu'il a été biberonné au porno. Il ne résiste jamais à la beauté d'un corps près de lui quand il sort le samedi soir à l'Hermitage, que l'ivresse a enfin dilué sa timidité, et qu'il entre dans la danse.

Jordan se redresse, fait délicatement glisser la tête de Magdalena sur le duvet, se contorsionne dans l'espace réduit. Il s'immobilise quelques instants sur son coude. Son dos se met à trembler. Il ne respire plus, se fige. Pourvu qu'elle ne se réveille pas, il ne veut pas avoir à se justifier. Je pars, mais je reviendrai ! Et il faudrait alors commencer de délimiter, de programmer. Il n'en a aucune envie. Il préfère que tout son corps convulse, plutôt que de s'expliquer.

Il recouvre Magdalena avec un pan du duvet sur lequel ils se sont endormis. Elle bouge, mais bientôt se respiration retrouve la quiétude du sommeil. Il se glisse lestement hors de la tente, met ses baskets.

Il est deux heures du matin.

La nuit est profonde, substance marine mêlée de noir, qui noie les étoiles à cette heure-ci. Ciel d'encre, lune absente. Jordan est avalé tout entier par l'obscurité qui le saisit au sortir de la tente. Il va se délayer et s'égoutter dans le canal, se désintégrer dans le paysage de son enfance. Retour à la source. Son corps arpenterait les sentiers, se mettrait en mouvement dans l'eau. Son corps traversé par le désir. Jordan, matière vivante, organes, veines, squelette, muscles et tissus, se déliterait dans les ténèbres opaques. Il pourrait aussi bien marcher à l'intérieur de lui-même.

Il rentre chez lui pourtant, en voiture. Puis, tout habillé, il s'effondre sur son lit pour quelques heures à peine.

Quand Magdalena se réveille, les dernières particules de la nuit se sont dissipées. Des ténèbres subsiste la réminiscence du rêve. Sous peu, il s'évanouira dans la clarté du jour, mais résiste encore quelques instants à la conscience de celle qui dormait.

Le rêve a le visage diaphane d'Héloïse, Ismène dans *Antigone*, amour et amie adolescente. Pourquoi les chemins tortueux de sa mémoire la mènent-ils à cette première pièce de théâtre, à ce qui s'était joué dans le préau, à la manière dont elle avait été prise et déprise d'elle-même ?

Le lien qu'elles avaient créé avec Héloïse, sœur de scène, s'était tissé dans l'ambiguïté du texte. Au fil des répétitions, l'amitié s'était transformée en intimité profonde. Et un dimanche après-midi, alors qu'elles rabâchaient leurs répliques, dans la fougue et la fraîcheur de leur jeunesse, elles s'étaient offert un baiser émerveillé où la curiosité charnelle, s'invitant entre elles, les avait dénudées.

Baskets, jeans, pulls et sous-vêtements de coton s'étaient retrouvés sur la moquette synthétique de la chambre d'Héloïse, et leurs deux corps, dans une danse d'abord hésitante, s'étaient agrippés, puis soudés. Le petit lit de l'enfance devenait brusquement l'archipel de leur désir.

Magdalena trouvait dans l'étreinte d'Héloïse une tendresse qui pansait la blessure de l'abandon. En toute innocence, la jeune fille prenait aux autres. Elle se remplissait de parcelles d'autrui, les volait, les faisait siennes pour se métamorphoser.

À force, elle parviendrait à faire peau neuve.

Quand Magdalena se livrait tout entière à la tendresse d'Héloïse, quand elles se caressaient d'une peau l'autre, l'ardeur qui en résultait leur offrait la possibilité d'une halte, la possibilité d'un silence aussi furtif soit-il dans le vacarme brutal de leurs adolescences.

Tu es tellement belle, lui disait Héloïse. J'aimerais savoir ce que ça fait, un jour seulement, d'être dans ta peau.

Je ne suis rien et ça ne fait rien, lui répondait Magdalena.

Magdalena aimerait boire un thé bien chaud. Elle a eu froid pendant la nuit, il fait humide. Elle a presque oublié la venue de Jordan, c'est la bouteille dans l'herbe qui lui rappelle leur conversation inattendue, ses bras et sa tendresse. Magdalena fouille dans la tente, trouve l'eau et les barres de céréales.

Elle aimerait boire un thé bien chaud et puis se doucher. Elle pense à son appartement parisien, où elle aurait dû revenir après son rendez-vous chez la dermato. La théière est restée sur la table de la cuisine – le sachet trempe dans le fond d'eau refroidie –, assiette et couteau sales gisent dans l'évier. Magdalena n'est pas sûre d'avoir rangé le beurre dans le frigo.

Paris, hier. Vingt-quatre heures et un basculement.

Elle se passe de l'eau minérale sur le visage, met deux paires de chaussettes, enfile un pull sur sa chemise, ajoute sa veste. Elle veut refaire le tour de la maison. On ne sait jamais. Peut-être qu'Apollonia est rentrée pendant la nuit. Elle se serait réveillée de son long engourdissement, telle la belle au bois dormant, attendant le baiser providentiel de sa fille pour réapparaître des années plus tard, et recommencer à zéro, là où l'amour avait cessé.

Y avait-il eu un instant précis où sa mère, à l'équilibre mental si fragile, avait définitivement sombré et plongé dans l'isolement ?

Magdalena cherche un mot, une situation qui auraient tout déclenché. Elle ne se souvient pas, évidemment qu'elle ne se souvient pas, elle y a pensé de si nombreuses fois. Elle préfère se rappeler un anniversaire heureux, ses dix ans, en plein été, bien avant Marcelle&Michel. Le samedi après-midi, ses parents avaient organisé un goûter en son honneur. Chasse au trésor, piñata, avec les enfants qui n'étaient pas partis en vacances, une journée pour son bonheur à elle. Le fils d'un ami était venu faire des tours de magie et des acrobaties. Les enfants ébahis s'exclamaient, s'empiffraient de bonbons. De la joie en barre.

Belle petite troupe. Apollonia, un peu à l'écart en robe légère, souriait et se revoyait au Chambon, des décennies auparavant, avec d'autres enfants. Leurs rires, leurs fous rires. Elle avait 4 ans. La petite troupe qu'ils formaient alors, les danses, les rondes, leurs jeux. La neige de son cœur avait fondu à l'arrivée au village. Elle avait tout oublié du voyage. Elle se souvenait seulement du sourire de Magda, ce sourire qui les avait accueillis. L'autre Magda. Magda Trocmé. Ils rêvaient tous qu'elle soit leur mère, qu'elle les prenne dans ses bras, qu'elle les cajole en leur murmurant des mots venus de loin, d'Italie ou de Pologne. Elle était belle, si belle. Par le miracle de son regard, tout revenait à la vie. Grâce à Magda, la troupe d'enfants n'avait plus peur. Grâce à Magda, Renée et Antoine l'avaient hébergée. Ses parents. D'avant, elle ne se souvenait que du blanc et du froid.

Apollonia regardait sa fille, Magdalena, fêter ses dix ans. Elle qui avait avorté de si nombreuses fois – son jardin secret, ses enfants perdus – ne regrettait pas d'avoir gardé celle-ci. La petite s'était accrochée. En la contemplant aujourd'hui, ses angoisses la laissaient en paix.

Debout devant la tente, bouteille de vin à la main, Magdalena se dit que cet anniversaire était le plus beau jour de sa vie. Ce jour-là, elle s'était sentie protégée et choyée comme jamais. Une figurine de porcelaine posée sur de la ouate – c'est l'image qui lui vient à l'esprit. Tout cet amour qui l'avait irriguée, celui de ses parents qu'elle croyait inaltérable, et celui bruyant de ses amis dans l'euphorie des cadeaux et des bonbons. Une joie brute et entière.

Et maintenant ? Elle balaie cette question d'un geste de la main.

Elle repose la bouteille dans l'herbe, marche vers la maison pour frapper à la porte. Rien. Ça ne l'étonne pas.

La peinture turquoise s'écaille. Du bout du doigt, entre deux nervures, elle enlève trois couches successives, en garde trace sous son ongle. Le chat réapparaît, il miaule, se frotte à ses jambes, voudrait son attention. Elle se penche, le caresse un peu, il ronronne aussitôt.

Elle est où, Apollonia ?

Magdalena se redresse, scrute les alentours et se dirige vers un tas d'herbes où sont jetés en désordre pelles, râteaux, et la brouette retournée. Elle décide de fouiller. Elle trouvera peut-être une réponse. Des pots de peinture éventrés, des restes de cartons humides, elle manque de se couper à un bocal de conserve cassé, et sort d'en dessous une enveloppe froissée. Magdalena la déplie. Son nom et le prénom : Apollonia. C'est une facture, un courrier impersonnel. Mais c'est le bon endroit.

Son cœur se serre. Cette facture atteste que la vie a continué.

Magdalena glisse la lettre dans sa poche, fouille encore dans le tas et en extirpe un vieux chandail en laine bleu marine, sale et trempé, qui sent la pisse de chat.

Son cœur explose.

Ce chandail, c'est celui de sa mère, elle l'a porté. Sa peau est là, en fines particules dans les détritus humides.

Elle étend le pull sur la brouette pour qu'il sèche. Elle le lavera et le mettra un jour prochain. Elle pourrait encore chercher, mais ce qu'elle a trouvé lui suffit, c'est même trop. Elle retourne à la tente, boit une rasade d'eau, touche l'enveloppe dans sa poche et se poste de nouveau devant la porte, paumes à plat cette fois-ci, posées sur le battant à la peinture écaillée. Des monologues, elle en a dit, mais celui-ci est particulier. Unique auditrice, unique tirade, porte close, mains tendues.

la dernière image que j'ai de toi, c'est sur un lit, perdue au milieu des draps vert pâle ; j'ai l'impression que tu flottes ; je m'assois au bord du matelas, sans enlever mon blouson, je reviens du collège et je m'assois ;
je veux tes yeux ;
chaque jour, je me persuade, en montant l'escalier, que tu vas me regarder, m'écouter ;
aujourd'hui, c'est bon ;
et je suis joyeuse sur le chemin du retour ;
aujourd'hui c'est bon, je me dis ;
anecdotes, notes, je recommence chaque après-midi ;
j'y crois ;
mais quand je referme la porte de ta chambre derrière moi tout doucement, parce que le bruit pourrait te casser, je me dis que ce sera demain ;
si ce n'est pas aujourd'hui, ce sera demain et je suis prête à recommencer sans fin ;
mais tu es partie ; sans prévenir, tu es partie ;
chaque jour, ensuite, je me suis passée de toi, tu m'y as forcée ;
j'ai respiré sans toi, tu m'y as obligée ;
du jour au lendemain ;
j'existais, je n'existe plus ;
j'étais la prunelle de tes yeux, tu deviens aveugle ;
j'étais ton cœur, il bat ailleurs ;
c'est aussi simple que ça ?
chaque jour, j'ai pensé que tu étais morte, que ce n'était pas possible autrement ; on ne le savait pas encore, mais tu étais morte loin, tu avais disparu dans une grande cascade ou tu t'étais perdue dans la forêt, j'avais plein de théories sur ta mort ;

je te les énumérerai bientôt ; tu les écouteras bien sagement quand je te verrai, quand ce sera ton tour de t'asseoir au bord du matelas ;

Tout le corps de Magdalena s'effondre le long de la porte. Elle pleure les années passées à attendre, ces années perdues à errer à la quête d'un amour qui viendrait combler le vide béant. Toutes ces années à croire qu'un regard peut remplacer celui qui s'est détourné.

La maison éclusière ne faisait pas partie des énumérations de Magdalena. Elle a imaginé toutes sortes de territoires, de saisons, de peuples indigènes. Elle a imaginé la noyade délibérée dans un fleuve ou une rivière – elle y a songé à maintes reprises –, persuadée que sa mère avait dû lester son corps, les poches remplies de pierres.

Quand elle entendait des histoires de cadavres repêchés, gonflés comme des baudruches, elle voyait, le temps d'un éclair, la peau d'Apollonia tendue et pleine d'eau. Puis l'image se désintégrait, par la grâce de l'oubli et de sa volonté, Magdalena reprenait le cours de ses pensées brièvement éclaboussées.

Elle avait espéré que sa notoriété lui ramène l'absente. Plusieurs fois, elle s'était dit, alors âgée d'une vingtaine d'années, elle me verra à la télé et elle m'appellera. Surtout après la cérémonie des Césars où elle avait été récompensée comme révélation féminine. L'arrivée au théâtre des Champs-Élysées, les photographes. Tous ceux qu'elle connaissait, le petit milieu, la grande famille, tous dans l'effervescence et les angoisses.

Et puis, l'électrochoc à l'annonce de son nom.

Magdalena se lève, sculpturale dans sa robe très courte Saint Laurent à paillettes grises, sa beauté incandescente travaillée, maquillée, coiffée, à l'apogée de l'âge tendre. Quand les regards suspendus n'aspirent qu'à faire allégeance, quand la caméra elle-même hésite un instant à laisser sa pellicule s'exposer au flamboiement du visage, au grain de la peau, à sa blancheur frémissante, aux yeux verts qui chavirent sous une larme, la jeune femme, elle, chancelle lorsqu'une pensée se fracasse sur son corps, une pensée qui remplace son nom par une appellation imprononçable et interdite : maman.

Maman, murmure-t-elle en se déplaçant dans l'allée entre les fauteuils de l'orchestre.

Maman, en tanguant sur les marches qui la mènent sur scène.

Maman, quand elle lit maladroitement le discours qu'elle a gribouillé sur un papier. Merci, merci à tous. Sans oublier personne, sauf une.

Dans les coulisses, elle se dit, peut-être que tu m'auras vue. Éblouissante et fragile – toi seule le sais –, fragile de ton absence. Si tu m'as vue, tu ne vas pas résister, parce que tu es fière. Fière de mon succès.

Mais aucun signe n'était venu. À quoi bon ? avait alors pensé Magdalena en se repliant sur elle-même et, dans l'incompréhension générale, elle avait commencé de refuser les propositions de scénarios qui affluaient, préférant retourner sur les planches.

Magdalena marche sur le chemin du canal, elle se demande s'il y a un village à proximité. Elle a besoin de bouger, que le temps passe, que l'attente s'étiole. Manger des fruits par exemple qui goutteraient sur ses mains, cueillir des fleurs qui, par bouquets, colonisent ce chemin. Elle avance lestement, ne pleure plus, se console avec sa foulée déliée le long de ce canal qu'hier encore elle ne connaissait pas et qu'elle voit à présent comme un paysage qui l'occupe tout entière.

Depuis combien d'années n'a-t-elle pas eu de temps à elle ?

Minutes, heures, journées vouées aux autres, à leurs mots, à leurs désirs. Adèle jamais à court d'arguments pour louer une production. Ce rôle est fait pour toi ! Tu verras, insiste-t-elle. Mais Magdalena ne se leurre pas, elle sait que c'est elle qui se fait aux personnages.

Vous imaginez chaque rôle comme une extrapolation, une exagération d'un trait qui serait le mien ? Vous croyez découvrir une nouvelle facette de moi, une minuscule parcelle d'un vaste portrait qui ne serait jamais complété ? Et si je vous disais, au contraire, que chaque personnage est un manque de plus, un effacement du trait, un détour sur le chemin, un sentier sauvage à défricher, une bifurcation, une excuse, une halte, encore une, pour ne pas s'approcher du cœur, du poumon, et rester en lisière de soi, de son propre désir, se remplir du regard des autres, pour le prendre en embuscade, le séduire, s'en emparer, afin d'éviter toujours d'être soi-même ?

Magdalena marche et se rappelle qu'une répétition l'attend dans quatre jours. Elle devrait allumer son portable, se raccorder au monde réel. Mais aujourd'hui, la seule réalité qui compte est la porte close de la maison éclusière.

Personne n'est rien avant d'être aimé.

La phrase de Rosa dans *La Rose tatouée* de Tennessee Williams lui revient d'un coup en mémoire.

Elle a joué cette pièce peu après sa sortie du conservatoire, elle avait passé l'audition et décroché le rôle de Rosa.

Magdalena sentait bien que la voix de cette adolescente révoltée contre sa mère lui permettait de se délivrer un peu de sa propre colère. À ce moment-là, elle croyait encore que tout ce dont elle parviendrait à se libérer, les non-dits, les années de silence, la violence de ce silence, sa solitude, le sentiment d'abandon profond dans lequel elle s'était trouvée, le désamour aussi, que tout ce qu'elle exprimerait à travers un rôle la soulagerait. Elle espérait débusquer une réponse, une raison. Chaque fois, elle était déçue. Il n'y avait rien à comprendre.

Rosa était un masque, un beau masque de jeune fille en colère. L'interstice entre la peau et l'artifice était délicat, et Magdalena ne tremblait pas de le poser sur son visage à vif. Son reflet alors se brouillait, RosaMagdaRosaMagda. Jamais, cependant, elle n'oubliait que le rôle lui offrait un simple moment de répit. Sur scène, elle incarnait le subterfuge. Puis de retour dans sa loge, elle laissait Rosa sur la table et, pour que l'illusion dure un peu, allait boire des verres avec les autres comédiens – des répliques tourbillonnant encore dans son esprit –, plusieurs bières d'affilée, avant de rentrer chez elle, avant de se retrouver seule et nue.

Des mois à vociférer, grogner, maudire ses grands-parents, à ignorer son père lors de ses rares visites, et Magdalena s'était tue pendant presque deux ans. Elle lâchait un oui, un non, un merci, les yeux au ciel le plus souvent. Le silence chez Marcelle&Michel était à couper au couteau. La grand-mère tentait de lui parler, consolider les digues, bâtir un pont, ce qu'il faudrait pour vivre plus sereinement. Marcelle en voulait à Magdalena. Elle considérait qu'ils avaient fait beaucoup d'efforts, Michel et elle, qu'ils avaient secouru cette famille déchirée.

Après le départ de ses parents, Magdalena avait migré dans la chambre du haut, délaissant le canapé. Le soir en s'endormant, elle pensait à Apollonia, enfonçait son poing dans le matelas, le martelait. Tu étais là.

Un après-midi, Michel était monté la voir. Elle était attablée à son bureau en pin clair, devant un manuel de maths. Il s'était assis sur le lit, l'air accablé, les épaules voûtées. Elle l'avait regardé brièvement avant de retourner à son exercice.

Je comprends bien, ma petite, que ce soit pas toujours simple. Ils sont partis et on se retrouve tous les trois. C'est pas ce que t'avais imaginé, et sûrement pas ce que t'aurais voulu. Nous non plus, tu sais. Et on fait au mieux. Marcelle, elle gueule parfois, c'est vrai, mais c'est comme ça qu'elle est, et c'est pas pour ça qu'elle aime pas. Après toutes ces années près d'elle, je pourrais même te dire que c'est le contraire. Plus elle aime, plus elle gueule.

Il souriait. Elle aussi, le visage penché sur son cahier.

On sait plus quoi faire. Faudrait que tu nous aides, ma petite Magda. Que tu nous dises quoi. Ton père est pas loin, et même s'il n'est pas là souvent, tu sais bien comme il est fier de tout ce que tu fais. Maintenant, faudrait qu'on trouve une manière de bien vivre ensemble. Je vais te raconter ce que j'ai appris sur les gens. À force de m'arrêter chaque jour chez eux avec leur courrier, je les connais tous. Ils m'ont pas seulement ouvert la porte de leur maison, mais aussi celle de leur vie. J'en ai vu des mariages, des divorces, des naissances, des morts, des faire-part, plein. J'en ai vu des au fond du trou, des qui étaient prêts à jeter l'éponge, plein. J'en ai vu des qui n'arrivaient plus à se lever, à sortir du lit, à ouvrir les yeux, à peine à ouvrir la porte. Et puis ça revient, lentement, mais ça revient, l'espoir. Quelque chose comme ça, comme une lumière qui réapparaît dans la vie. Je les voyais, les visages qui retrouvaient leurs couleurs, la confiance qui sortait du trou noir. Y en a même qui oubliaient complètement la peine dans laquelle ils avaient été. Et tu sais pourquoi ? Parce qu'il y a des choses qui s'expliquent pas dans la vie, ma petite. Faut juste les accepter comme elles sont, même si ça te fend le cœur.

Il ne souriait plus, et elle non plus. Elle tenait son stylo à la main sans rien écrire.

Il avait attendu de voir si elle lui répondait quelque chose, puis il s'était levé, avait regardé cette chambre comme un lieu nouveau, anonyme, alors qu'il avait méticuleusement recouvert les murs de papier peint, alors que l'armoire était celle de sa mère jadis au salon, alors que c'était chez lui, mais il lui semblait soudain être comme étranger à cet espace, à cette jeune fille, sa petite-fille, l'unique. Et il était reparti aussi triste qu'à l'arrivée. Le pas traînant, il avait refermé la porte derrière lui, et en redescendant l'escalier avait pensé, quel gâchis, mais quel gâchis…

Magdalena écrasait une larme sur son cahier.

Cette nuit-là, elle avait laissé un mot sur la table de la cuisine. *Tant que vous ne m'aurez pas dit où est maman, je ne vous parlerai pas.*

Le lendemain matin, Marcelle l'avait regardée droit dans les yeux : on sait pas où elle est, on sait pas, et il faut que tu nous croies.

Magdalena était partie sans répondre. Avec ses camarades de classe, elle parlait, avec ses professeurs aussi, personne n'aurait pu imaginer le silence qui régnait chez ses grands-parents. Elle donnait le change. Elle lisait, s'instruisait, elle allait s'en sortir. Elle voulait se construire une vie libre, loin d'eux et sur scène. L'échappée devait se trouver par là. Les autres l'y engageaient.

Tu peux, Magda ! T'es tellement belle.

Et elle s'était dit, pourquoi pas ? Elle chercherait un cours de théâtre, ensuite elle irait à Paris. Et elle les oublierait tous autant qu'ils étaient. Marcelle&Michel, son père, et puis sa mère tant qu'on y est.

Depuis le début du lycée, elle lisait avec application, persuadée que plus elle rencontrerait de personnages, plus elle pourrait en incarner, et plus les livres étaient longs, plus elle trouvait du réconfort. Elle avait l'impression de s'installer dans les textes, de faire connaissance dans le temps avec les protagonistes, d'entrer dans leur intimité, de s'amalgamer à leurs mondes. Que de voyages en Russie n'a-t-elle pas rêvés durant ces années ? Elle se lovait dans les noms, se réchauffait aux cheminées des datchas, imaginait les campagnes enneigées, les étendues à perte de vue, les paysages immenses qui s'offraient à elle et créaient de nouveaux territoires à explorer dans son esprit. La Russie était son périple préféré. *Les Frères Karamazov*, *Crime et Châtiment*, *Les Nuits blanches*, *Le Sous-Sol*, *Les Possédés*, *Souvenirs de la maison des morts*, *Le Joueur*. Dostoïevski d'abord, puis Tchekhov comme une obsession. Pour parvenir à jouer ses personnages féminins, elle était persuadée qu'il lui faudrait avoir lu les mêmes livres que ses héroïnes. Pas un instant, Magdalena ne se dit qu'un séjour en terre russe serait nécessaire, non, lire la bibliothèque intérieure d'une personne devait suffire à la connaître, quels que soient son pays d'origine ou sa langue. De quels personnages fictifs Irina Sergueïevna Prozorova était-elle constituée, dans quelle femme imaginaire s'était-elle projetée ? Et Tchekhov, quand il s'invitait dans le salon des trois sœurs, quel livre avait-il glissé dans les rayonnages ?

Cette mise en abyme fascinait Magdalena. Chacun transportait sa kyrielle de héros de roman, de film, de théâtre, et ces personnages étaient, eux-mêmes, composés d'autres encore. On pouvait ainsi remonter jusqu'à la nuit des temps.

Et l'amour, nous permettait-il aussi de rebrousser chemin ? Chaque couple, en évoquant d'autres, menait ainsi à un précédent, jusqu'au premier ?

Après son amitié amoureuse avec Héloïse-Ismène, après le désespoir qui les avait saisies l'une et l'autre à l'annonce du déménagement de la famille d'Héloïse dans une ville voisine, après les serments de ne jamais se perdre, de s'écrire sans fin et de s'aimer de même, après l'été où tout avait disparu comme pollen au vent, Magdalena était entrée au lycée, et avait aussitôt remarqué Igor. Comment ne pas succomber à ce prénom qui la menait au cœur de son pays de prédilection ?

Magdalena a quitté le sentier du canal, elle est dans la petite épicerie du village voisin où elle s'achète quelques pommes – aucun fruit juteux –, une bouteille d'eau et du pain, et alors que ses pas l'entraînent du passé au présent dans une oscillation constante sans qu'elle parvienne à en contrôler le rythme, elle se souvient que chacune de leurs lettres, quand la correspondance entre Igor et elle était quotidienne, commençait par : *De mon âme à ton âme.*

Deux kilomètres la séparent de la maison éclusière. Tandis qu'elle mange une pomme, le sac en plastique contenant ses courses rebondit à chaque foulée sur ses jambes. Elle s'est étonnée d'avoir vu du monde, des commerçants souriants, la boulangère, des chocolatines, un bistrot avec des gens en terrasse qui fument en buvant leur café. Des éclats de rire, des enfants qui passent à vélo. Ah oui, on est samedi, s'est dit Magdalena.

Sur le chemin du retour, elle écoute le bruit dans les feuilles, les brindilles qui craquent sous ses pas, les mouvements à peine perceptibles de l'eau, la grenouille qui plonge, elle regarde les pelures jaunes et grises de l'écorce des platanes se défaire. Elle sourit, se sent légère. Son allure est vive. Elle ne saurait dire pourquoi après la sidération, le voyage, l'inquiétude, la tristesse de la porte close, la présence de Jordan, le sommeil profond, pourquoi la joie la saisit à cet instant, une forme d'insouciance retrouvée alors qu'elle est dans le giron de l'absente, mais la beauté du territoire qu'elle découvre ce jour – souligné d'arbres, un canal entre deux mers, des champs à perte de vue, des villageois heureux –, ce royaume la bouleverse.

À la maison éclusière, rien n'a bougé. Porte et volets fermés. Elle ne prend pas la peine de toquer. Elle va seulement chercher le pull encore humide sur la brouette et le dispose bien à plat sur le toit de sa tente pour qu'il sèche plus vite. Sous la toile, elle s'allonge et regarde ce qui se découpe entre les deux pans ouverts : des touffes d'herbe garnies de pissenlits, et plus loin, un bout de canal.

De son point de vue horizontal, elle observe l'eau, se prend à cligner d'un œil, puis de l'autre, et s'endort bercée par le courant doux qui coule à ses pieds.

Quand elle rouvre les yeux, elle voit deux jambes. Deux jambes toutes proches recouvertes d'un jean sale. Magdalena hasarde un bonjour. Pas de réponse. Elle se redresse, passe la tête en dehors de la tente. Elle est là.

Apollonia.

Apollonia, plantée devant elle.

Chemise à carreaux tachée, le pull humide dans le poing.

Magdalena bondit, fait face à sa mère. Dans son cerveau se percutent des images, des mots. Elle voudrait la toucher, la prendre dans ses bras. Mais Apollonia a fait un pas en arrière, ne la regarde toujours pas, fixe le pull.

Magdalena dit, maman.

Doucement, le premier.

Maman, appellation oubliée, enterrée pendant des décennies, à l'instant prononcée.

Apollonia s'est retournée, elle est venue récupérer ce qui lui appartient.

Cheveux blancs hirsutes, bouche pincée, visage fripé, regard d'acier, colère sourde.

Magdalena voit ce corps frêle d'une vigueur inattendue se diriger à grands pas vers le terrain. Porte et volets de la maison sont ouverts.

Magdalena enfile ses baskets et la suit en disant de plus en plus fort, maman.

Apollonia ne lui répond pas. Apollonia ne parle pas. Elle marche vite, penchée en avant. Jambes fines et rapides, équilibre instable, dynamique intense et tendue, exacerbée par une connaissance aiguë de l'espace, chaque pas sait où il se pose.

Apollonia s'arrête à d'invraisemblables endroits, se hisse sur le tas de détritus, fait une halte devant un des murs de la maison, le visage à quelques centimètres du crépi, monte sur une chaise en plastique qui ploie sous son poids, rejoint le canal, puis tourne autour des ruches plusieurs fois. Elle suit un parcours bien défini, ritualisé, automatique.

Derrière la mère, il y a la fille sidérée qui tremble du genou, qui n'en croit pas ses yeux, qui l'appelle, qui n'a plus de voix, qui voudrait la toucher, qui n'y arrive pas. La fille a perdu sa superbe, ni éclat ni grâce. Elle suit sa mère comme une enfant folle, une impossible enfant qui tend les bras pour arrêter l'élan, mais retient son geste de peur que l'apparition ne disparaisse et que l'enchantement ne se rompe.

Le corps de Magdalena se tasse, se recroqueville autour de la brisure de son enfance, se racornit autour de son angoisse. Magdalena zigzague derrière le jeans sale, remarque les pieds nus dans les sabots en plastique. Elle talonne Apollonia, continue de l'appeler, comprend qu'elle n'obtiendra aucune réponse, ses jambes à elle sont lourdes, elle a du mal à avancer.

De loin, dans l'humidité de ce jardin triste, devant l'improbable tableau de ces femmes séparées depuis si longtemps, on ne saurait dire laquelle est la plus âgée.

Apollonia se dirige maintenant vers la maison. Elle est à portée de main et Magdalena, d'un geste furieux, lui arrache le pull bleu. Apollonia alors se retourne et, dans une rotation de tête qui s'apparente à celle des rapaces, vient planter ses yeux dans ceux de sa fille. Soudain, figée. Paralysée devant l'autorité maternelle qui, l'instant suivant, lui claque la porte au nez.

Le pull reste dans la main de Magdalena. Elle cogne son front contre le battant de bois en entendant la clé tourner dans la serrure. Ce son remet son esprit en marche, une idée après l'autre. Magdalena pose le pull sur ses épaules, en se disant qu'il pue.

Le volet de la fenêtre de gauche est ouvert, elle s'approche et examine le salon. Il y a une cheminée, deux vieux fauteuils éventrés, sur l'un d'entre eux une couverture orange, le carrelage est jonché de catalogues publicitaires, quelques boîtes de conserve, une table, dessus des assiettes et des verres, au mur une tapisserie défraîchie, déchirée par pans entiers, au sol dans un panier, deux chats roulés en boule l'un contre l'autre.

Magdalena met ses mains en visière.

Sur la cloison du fond, elle distingue une bibliothèque avec quelques livres et des papiers, des papiers partout. Elle essaie d'imaginer la maison : porte d'entrée, couloir central qui dessert deux pièces de chaque côté. Pas d'étage.

Elle se dirige maintenant vers la fenêtre de droite.

Il y a une gazinière et un évier. C'est encore plus désordonné et sale. Elle remarque au sol des écuelles pour chat. Sa mère n'est pas là non plus.

Magdalena devrait s'enfuir à cet instant même. Elles se sont vues. C'est fait. Rien d'autre à ajouter, sauf clocharde. Clocharde près du canal.

Mais elle est clouée sur place par une insondable colère. Une colère épaisse faite d'abandons, d'amertumes, de tout ce qui n'a pas été prononcé, de toute l'insouciance dont elle a été privée, son adolescence lestée de rêves sombres, des masques agrafés au visage au fil des rôles, des rencontres amoureuses manquées. Elle lui en veut de cette porte claquée, de son indifférence, encore, de son ignorance, d'être si laide, si vieille. Affreuse moche dégueulasse. Elle a soudain l'impression de sombrer, d'être contaminée par ce royaume qu'elle croyait miraculeux, et qui maintenant la désosse, la détruit, s'effondre sur lui-même.

Elle jette le pull et va chercher une pierre. Elle en trouve une belle à côté du pont. Elle casse un carreau avec, passe son bras, actionne la poignée intérieure de la fenêtre de la cuisine, et escalade le chambranle. Elle est dedans.

Dedans, tu ne m'échapperas pas.

L'odeur de pisse de chat lui saute à la gorge. Ni le carreau cassé ni son intrusion n'ont provoqué le moindre mouvement dans la maison. Ça pue. Elle fait quelques pas dans la cuisine. Des papiers lui collent aux baskets. Il y a un frigo éteint et entrouvert. La vaisselle dans l'évier forme une montagne poisseuse.

Sur une petite table ronde, des boîtes de pâtée pour chat, vides.

Elle est à présent dans le couloir. La porte du salon est ouverte. Les animaux n'ont pas bougé, rien n'est différent de ce qu'elle a vu depuis l'extérieur. Elle reste sur le seuil, elle préfère inspecter les autres pièces. La salle de bains. Dans le noir, Magdalena distingue une baignoire, un lavabo, des WC, au sol des journaux recouverts d'excréments de chat. L'odeur d'ammoniaque est étouffante.

Magdalena perçoit tout, sent, ordonne les informations dans son esprit, ça ne la touche pas. Pas encore. Ce qu'elle veut, c'est la voir, elle. Derrière la seule porte fermée.

Elle l'ouvre doucement, pas de verrou. La chambre est plongée dans l'obscurité. Magdalena plisse les yeux, ne distingue pas grand-chose, mais sait qu'elle est en présence de sa mère.

Une masse sombre sur le lit. Magdalena s'avance, la masse ne bouge pas. Elle cherche un interrupteur pour allumer une lampe, il y en a un, il ne fonctionne pas. Elle se dirige à tâtons vers la fenêtre pour faire entrer le jour. Elle trébuche sur des objets. Elle ouvre les battants, donne un coup d'épaule dans les volets en bois, les gonds grincent.

La lumière.

Magdalena se retourne. Apollonia allongée regarde le plafond. Tout autour, il y a des livres, beaucoup de livres entassés contre les murs, des journaux, des revues déchirées, des boîtes de médicaments partout, une tasse sur la table de nuit, des habits jetés sur un fauteuil, un chat couché à ses pieds. On dirait une gisante. Une gisante vivante, une gisante de chair.

Et soudain, les jambes de Magdalena se dérobent, elle s'accroupit sous la fenêtre pour ne pas tomber.

j'ai cru que tu étais morte ; j'ai cru qu'il ne pouvait pas y avoir d'autre raison à ta disparition ;
tu sais ce que c'est la disparition ? tu le sais vraiment ?
c'est quand il n'y a rien, pas de corps, rien ; aucune réalité à toucher ; pas de cadavre, rien ;
au début, tu te dis que s'il y a disparition, il y a réapparition ; c'est tangible, tu aimes, tu y crois, tu as soudain foi dans tout ce qui est tangible ;
alors, tu attends ;
je t'en voulais, j'en voulais à tout le monde, mais je t'attendais ; je leur demandais où tu étais ;
chaque jour, elle est où maman ?
silence ;
le silence, c'est un peu comme la disparition ; tu guettes des mots qui viendraient le briser, et quand ils ne viennent pas, tu te répètes en boucle la dernière phrase qui a été prononcée ;
ma dernière phrase à moi, c'était une image : toi sur le lit, comme aujourd'hui ; toi sans force qui ne vois rien depuis longtemps, qui ne parles à personne, même pas à ta fille ;

tu t'en souviens ?
je suis là, tu me vois ?
non ;
des décennies à essayer de t'oublier ; tu étais une braise dans ma mémoire et je voulais qu'elle se consume le plus lentement possible, qu'elle ne détruise pas tout, d'un coup de flamme, lance-flammes, roquette, ce que tu voudras, qu'elle ne détruise pas tout ce qui l'entourait ;
j'en ai pris des chemins de traverse pour éviter le moindre mouvement, pour t'éviter ;
je croyais que tu rentrerais pour moi, parce qu'on ne quitte pas sa fille ; on ne te l'a jamais dit ?
on ne quitte pas ses enfants ;
on reste ;
on m'a répondu que tu étais partie te reposer ; te reposer ? te reposer de quoi ? qu'est-ce que tu faisais en haut à part te reposer ? le lit n'était pas assez grand ? on te dérangeait peut-être ?
j'ai cru à une blague ; et j'ai compris que non, et après, je n'ai plus rien compris du tout ; je pleurais, j'étais en colère ; tout le monde me mentait ; pourquoi on me mentait comme ça ?
j'ai cru que c'était ma faute, que je devais le mériter, quelque chose qui ne tournait plus rond, un boulon qui avait dû sauter et tout l'engrenage s'était grippé ;
j'ai cru que j'étais le boulon ;
j'ai tout fait pour penser à toi le moins possible ; partir à Paris, faire du théâtre, ne presque plus parler à Isidore, à Marcelle&Michel ; tu t'en fous de savoir ce qu'ils sont devenus ?
j'ai coupé les ponts ; tu avais décidé de me laisser seule, alors autant l'être avec ceux que je choisirais ;

mais comment choisir quand on se sent insignifiante ?
je me trompais d'amis, d'histoire d'amour ; ça venait confirmer les raisons de ton départ, lui donner même de bons arguments ; pourquoi serais-tu restée pour si peu ?
j'avais le droit d'être mes rôles, c'est tout ; sur scène j'étais libre, partout ailleurs, enfermée ; ce serait trop simple de réduire mes échecs à ton départ, ce serait trop simple de dire que je ne me suis jamais autorisée à aimer parce que tu étais partie ;
cause à effet ;
or tout est complexe, épais, j'ai bifurqué, j'ai nagé dans le brouillard, j'ai été heureuse, terriblement parfois ; tu n'avais plus d'importance, je faisais sans toi ; et personne ne s'apercevait du brouillard ; je donnais le change avec le succès ; dans la rue, les sourires appuyés de ceux qui pensent te connaître, alors que tu ne connais rien de toi-même ;
je ne savais rien, sauf que je ne voulais pas d'enfant ;
pas d'enfant, pas de cet amour-là ;
pas de cet abandon ;
mais regarde-moi, aujourd'hui ;
j'ai tout laissé à Paris, je n'ai rien pris ;
un coup de fil avec une adresse, et je suis là ;
alors que je croyais avoir coupé net ;
j'ai pris le métro et le train ;
j'ai cassé le carreau ;
ça fait combien de temps que tu vis au milieu de ce foutoir ?
je suis devant toi et tu es exactement dans la même position qu'il y a trente ans ; plus vieille, moins

belle ; plus sale, au milieu du désordre ; tu es un monstre ; un monstre gavé par l'attente ;
et moi, je te parle et je te regarde comme avant, et tu ne dis toujours rien ;
je pourrais repartir, mais je vais rester ;
le mouvement du départ, c'est moi qui le ferai ; par orgueil, je claquerai la porte et je rentrerai à Paris ;
quand on me demandera, tu étais où ?
je dirai, nulle part ;
j'avais imaginé la violence et le désordre, mais pas ça ;
je vais me faire une place dans ce nulle part ;
et toi, reste allongée, c'est toujours comme ça que je t'ai vue ;

Apollonia est toujours allongée, ses yeux sont fermés, elle semble s'être endormie. Magdalena ne doute pas d'avoir été entendue. Comprise elle ne le sait pas, mais entendue, elle en est certaine.

Elle reste longtemps assise, la tête posée sur les genoux, les yeux clos, les reins soutenus par le mur. Ses mots circulent, ils viennent se glisser dans le silence d'Apollonia. Il y a de l'hostilité, de la colère, mais aussi de la lenteur et une douceur inattendue. La possibilité d'être avec elle et de le lui dire.

Ce qu'il faut, à présent, c'est s'apprivoiser. Chaque pas compte, chaque geste, chaque mouvement pour se rapprocher.

Magdalena regarde la pièce, elle va tout nettoyer, ranger. C'est une attaque, une conquête en bonne et due forme. Prendre le territoire pour le comprendre.

Elle dit, je reviens. Elle se lève, met la clé de la maison dans sa poche et file en voiture vers le supermarché le plus proche.

Il est treize heures.

Dans la grande surface, elle achète des gants en plastique, plusieurs paires, des détergents en tous genres, serpillière et bassine, balai et pelle, désinfectants en quantité. Sous la crasse, un trésor, se dit-elle.

Au détour d'un rayon, elle entame un paquet de biscuits et une bouteille d'eau qu'elle boit à moitié. Elle prend aussi des bananes. Ça ira bien avec de l'eau de Javel pour faire place nette. Elle ricane, c'est absurde. Le Caddie circule vite, les coudes appuyés sur la barre de métal, elle zigzague à toute allure, huiles, conserves, café, céréales, riz et pâtes, grand manège de légumes. Devant les portes vitrées des poissons surgelés, par un chemin déplacé de conscience, un sentier ombrageux et secret que certains mots se plaisent à emprunter, un détour imprévu de mémoire, surgit Antigone avec ses ustensiles en plastique.

Sans qu'on me pleure, sans amis,
sans époux, las, je suis livrée
à cette route qui m'attend,
et l'œil sacré de la lumière à mes regards est interdit ;
nul ami ne donne à mon sort
ni larmes ni gémissements.

Et Magdalena se souvient de Sophocle, de ses amis, de sa chambre, de son lit, et ces images freinent un instant sa course intrépide à l'assaut du foutoir. Une vie maintenant détachée d'elle, et elle doute d'avoir la force d'y retourner, alors qu'Apollonia est vivante, et qu'elle-même est à nouveau une enfant, une fille.

Maman, elle peut lui dire maman.

Et la route qui l'attend les jours prochains est vierge, papier blanc, feuille immaculée. Et son agenda ailleurs est couvert de rendez-vous, de points d'exclamation, de panneaux de signalisation. Existe-t-elle encore, cette Magdalena qui se déplace d'un lieu à l'autre de Paris avec des horaires de début et de fin, avec ou sans texte, rencontres professionnelles ou amoureuses ? Est-il possible que sa vie soit bouleversée alors que celle de ses proches reste inchangée ?

Les clients du supermarché poussent leur chariot d'un air calme, liste en main, l'air satisfait, *ni larmes ni gémissements*.

Au rayon croquettes pour chat, elle choisit un paquet au hasard, n'importe lequel en se disant que ce foutoir est une aubaine. Ça va l'occuper. Elle se demande si Apollonia aura trouvé une manière de se barricader, de l'empêcher une fois de plus d'entrer. Elle cherche une caisse avec peu d'attente.

Le Caddie glisse. Et près de la caisse 1, en tête de gondole, des lunettes de soleil sur un présentoir. L'œil de Magdalena est attiré par le petit miroir qui les surplombe. Elle voit un bout de son visage, se reconnaît à peine, cheveux emmêlés, cernes, et son regard hébété. Une image hallucinée d'elle-même.

Magdalena se transforme. Elle va devenir mollusque, ver de terre, baudroie abyssale à la modeste lanterne, une forme de laideur qui prendrait possession d'elle et déchirerait sa beauté.

Le temps d'un instant, dans le petit miroir rectangulaire du supermarché, elle voit l'intérieur de sa gorge serrée, rouge, elle voit son poumon chasser l'air à un rythme rapide, son cœur, aux mouvements de pompe réguliers, irriguer tout ce qui est invisible, tout ce qui est maintenu ficelé par la peau, tendu et prêt à jaillir à la moindre égratignure, à la moindre entaille. Un monde grouillant dans les tréfonds de sa gorge alors qu'elle aligne un à un les articles sur le tapis de caisse, en se disant, elle doit être encore allongée, elle m'attend, elle m'a entendue, elle n'est ni aveugle ni sourde, elle est juste folle.

Elle mange quelques biscuits avant de charger le coffre de sa voiture et retourne à la maison éclusière. Apollonia n'a pas bougé. Il semblerait, en effet, qu'elle attende sa fille.

Magdalena dépose ustensiles, balais et autres dans le couloir et prévient, je commence par la salle de bains.

L'ampoule électrique qui pend du plafond fonctionne. Une faible lumière jaune éclaire le sol jonché de déjections. Les mains gantées de plastique, Magdalena remplit plusieurs sacs de cent litres sans s'arrêter. Il va lui falloir deux heures pour pouvoir accéder à la fenêtre distante de trois mètres, le double pour venir à bout du carrelage, récurer baignoire et lavabo, ne plus avoir les yeux qui pleurent. Et peu à peu sentir que l'espace se désépaissit, s'allège, qu'elle va pouvoir s'y mouvoir, c'est une belle prise, pense-t-elle, la première sur cette route qui l'attend.

Elle sort les sacs poubelle de la maison, les dépose près de la brouette. Un de ces jours, elle cherchera une déchetterie. Quand elle revient, Apollonia est sur le seuil qui observe le canal, visage concentré, sourcils froncés. Elle a repris le pull que Magdalena avait jeté par terre. Bientôt, elle rentre, ferme les volets, regarde un instant le carreau cassé, mais ne semble pas s'en formaliser.

Elle ferme les volets, mais laisse la porte grande ouverte. Larmes dans les yeux de Magdalena. Je m'en fous qu'elle ne me parle pas, tant qu'elle me garde près d'elle.

Elle la suit.

Apollonia est de retour dans sa chambre. Elle tourne en rond, patine sur les papiers au sol. Elle a posé le pull sur le fauteuil près du lit. Le chat n'est plus là. Il est dans le couloir et miaule avec les deux autres. Magdalena reconnaît parmi eux le noir qui se frottait à ses jambes. Quand ça ? La veille ? L'avant-veille ? Elle ne sait plus quand elle est arrivée. Ils miaulent, ils ont faim.

Dans la cuisine, elle trouve une assiette ébréchée au fond d'un placard, la remplit de croquettes, la pose par terre. Elle a un haut-le-cœur. La puanteur. Demain, elle nettoie cette pièce.

Elle entend Apollonia déplacer des objets, bouger le fauteuil, ça racle le sol, elle croit même l'entendre grommeler.

Magdalena l'observe depuis l'embrasure de la porte. Apollonia s'affaire, on ne saurait dire à quoi. Elle soulève la couverture du lit, la laisse retomber.

Tu cherches quelque chose ?

Aucune réponse, mais poursuite de la quête.

Et soudain, le corps d'Apollonia se fige. Elle croit se souvenir. Elle passe devant sa fille et se dirige vers le salon. Malgré l'obscurité, elle met la main sur ce qu'elle cherche. À première vue, une boîte en plastique. Elle va dans la cuisine, Magdalena la suit. Elle comprend que cette boîte est un semainier de médicaments, des cases garnies de pilules de toutes les couleurs, formes variées, à prendre chaque jour.

La dose du samedi dans son poing, Apollonia ouvre le robinet avant d'avaler le tout avec une bonne gorgée d'eau. Le semainier est sur la table, Magdalena l'inspecte, les cases du dimanche, lundi et mardi sont pleines, elle en déduit que quelqu'un doit passer le mercredi pour les remplir, Apollonia vu son état ne pourrait pas le faire seule. Elle se demande si elle mange autre chose que ces médicaments. Il n'y a aucune trace de nourriture pour humains dans la cuisine, ni conserve ni rien. Apollonia est partie s'asseoir sur un des fauteuils du salon, toujours dans le noir, elle somnole, un chat repu sur ses genoux.

Magdalena regarde l'heure, il est bientôt vingt heures.

La tente. À l'extérieur, elle enlève les pieux, puis le matelas et le duvet. Elle essaie de refermer la toile, si simple lui avait dit Jordan en lui montrant d'un geste virtuose – elle avait tout de suite compris qu'elle n'y arriverait pas. Elle transporte tant bien que mal le tout à l'intérieur de la maison. Aucune raison de dormir dehors.

Tout l'attirail du campeur gît dans le couloir. Magdalena veut dormir sous la tente. Elle se dit que ça la protégera un peu des fantômes, des chats et de sa mère. On ne sait jamais.

Au croisement donc, encombrant l'espace et empêchant le passage, la tente est dressée, Magdalena remet matelas et duvet dedans. Elle a maintenant sa chambre dans la maison d'Apollonia.

Elle transpire, se sent poisseuse. Dans la seule pièce propre, elle va se doucher. Il y a du savon, mais pas de serviette. Elle utilisera un T-shirt pour s'essuyer.

Elle est debout dans la baignoire, ses habits gisent sur le carrelage. L'eau ruisselle sur son corps, brûlante.

Magdalena, la tête penchée en arrière, boit à petites gorgées l'eau qui jaillit du pommeau. Seins lourds, tétons dressés sous le flux, fine cascade à l'approche du galbe, avant de dévaler sur le ventre, l'eau s'empare de la peau souple, de la respiration lente, puis se pose un instant sur les hanches, course à peine freinée par le pubis, pilosité taillée, puis précipitée vers la profondeur des lèvres. Elle longe ensuite la ligne de la cuisse, caresse l'arrière du genou, s'ajuste au tracé d'une veine avant de filer vers le mollet et de s'échapper entre les orteils.

Magdalena voit ses membres rougir. Elle passe tout son épiderme à l'épreuve de la chaleur. Une légère brûlure colore son ventre et sa poitrine. Sentir sa peau comme sa matière première lui permet de se délimiter, de revenir à elle, de se savoir saine et sauve dans son corps, sans égratignures ni entailles, dans son intégrité.

Elle n'a pas peur des coups que pourrait lui porter Apollonia, non, elle a peur de ceux qu'elle pourrait se porter à elle-même. Une saturation d'émotions qui ne se résorberait que par un écoulement de sang.

Jordan est devant la porte. Sa montre marque vingt heures trente. Les volets sont clos. Il n'y a plus la tente, mais la voiture rouge est toujours là. Il frappe.

Il a hésité. Il s'est senti con, très con. Mais à la fermeture du magasin, il n'a plus tergiversé. Il est passé chez lui, s'est douché. Une serviette nouée autour de la taille, il s'est ensuite regardé dans le miroir au-dessus du lavabo. Il s'est observé de près.

Il s'est épilé quelques sourcils entre les yeux, a vérifié qu'aucun poil ne dépassait de ses narines. Il a bombé légèrement le torse. Je suis con, mais je suis pas mal. Et il a souri. Il s'est mis du déodorant, et s'est ébouriffé les cheveux avec un peu de cire coiffante.

On est samedi soir. Il se prépare.

Il a enfilé une chemise en jean bleu clair avec des boutons-pression nacrés, en a laissé trois ouverts, puis un jean noir et des baskets assorties réservées aux soirées. Il a vérifié le tout dans le miroir en pied de sa chambre.

Ça va. Il se sent à la fois à l'aise et puissant.

Il a pris le tire-bouchon dans un tiroir de la cuisine, puis a attrapé son blouson et claqué la porte derrière lui. Direction Calonges.

Elle vient lui ouvrir. Magdalena, cheveux mouillés, jean et polaire choisie la veille avec lui. Il la trouve belle, terriblement. Quelque chose dans son visage a changé, s'est détendu. Elle a moins peur. Elle est moins fragile ? Il en doute.

Il lui dit, ça te va bien, en désignant sa tenue d'un petit geste du coude – ses mains sont dans ses poches. Il ajoute, tu es belle. C'est un peu abrupt, alors il lui tend le tire-bouchon pour faire diversion.

Elle lui sourit, ça lui plaît de le voir. Elle ne s'y attendait pas. Elle lui dit, c'est gentil d'être venu.

Elle ouvre grand la porte et l'invite à entrer. Après quelques pas, la tente l'empêche aussitôt d'avancer. Elle remarque une furtive grimace qui traverse le visage de Jordan.

Ça pue, c'est ça ? Il hoche la tête.

Elle sourit toujours, semble chercher quelque chose. Le vin ? Elle réfléchit un instant. J'ai dû le laisser dehors. Ils sortent de nouveau. Jordan respire un grand coup. La bouteille est dans l'herbe, fraîche, couverte de gouttelettes de condensation.

En revenant vers la maison, Magdalena dit qu'elle n'a pas vu de verres, et Jordan ne répond rien, il regarde ses cheveux et ses fesses. Il avait oublié. Il la sent bouger près de lui, marcher, rendre élastiques les particules d'air qui les séparent. Ça le trouble. Elle lui a parlé d'aimant, comme sa mère était un aimant. Il éprouve la même chose. Il comprend qu'il est venu juste pour ça, la voir et s'émouvoir de sa beauté dans un tel désordre.

Il dit, quel bordel quand même !

Oui. Elle cherche des verres dans la cuisine. En trouve un à moutarde, illustré Reine des neiges, au fond de l'évier, recouvert de traces épaisses à la provenance indéterminée, et puis une tasse.

Attends, je vais les nettoyer. Éponge en main, elle lui tend bientôt le verre propre. Je prendrai la tasse.

Ça t'ennuie si je fume ? Il glisse inexorablement vers un sentiment qu'il ne nomme pas encore.

Il débouche la bouteille. Elle est où ta mère ?

Elle était dans le salon.

Je vais aller la saluer, ça ne se fait pas de venir comme ça sans rien dire.

Apollonia n'est plus là. Elle est dans sa chambre, porte fermée.

Elle a dû aller se coucher.

Magdalena veut vérifier. Apollonia est bien couchée, un léger ronflement sort de sa gorge. Magdalena ferme les volets le plus silencieusement possible afin de ne pas la réveiller. Elle n'a pas bougé. Elle s'en va sur la pointe des pieds.

Jordan regarde autour de lui. Il a déjà vu du bordel, mais comme ça, jamais. Il est tenté de prendre une photo et de l'envoyer à ses amis, mais se retient, ça ne se fait pas non plus. Vraiment, ça pue les chats, le vieux, la pourriture, le croupi, le jamais ouvert, ça doit faire des années que personne n'est venu. Et elle au milieu, avec sa grâce quand elle se déplace. Une fleur sur un tas de fumier. Jordan devient poète.

Magdalena voit son regard sidéré, sa jolie chemise, son jean ceinturé bas à mi-fesses. Elle le trouve fringant, comme un cheveu sur la soupe à cet instant, mais fringant.

Aujourd'hui, j'ai nettoyé la salle de bains, demain j'attaque la cuisine.

Y a du travail ! Il lui sert du vin dans la tasse, puis remplit son verre jusqu'à noyer la Reine.

Et ils trinquent.

À ta venue, lui dit-il.

À la tienne.

C'est au milieu de la cuisine qu'il l'embrasse. Entre les croquettes pour chat, la table où s'empile la vaisselle et le néon au-dessus de l'évier.

C'est là, dans le foutoir de ma vie.

Magdalena voit à la suavité de son regard qu'il s'apprête à la prendre dans ses bras.

À cet instant, Magdalena fracassée, en mille morceaux dedans, bribes de Sophocle, lambeaux d'Antigone et de roses, laisse le geste se faire.

Main qui saisit sa tasse et la pose, regard qui s'est suspendu au sien, un bras qui se déploie pour entourer sa taille, l'autre qui, avec la même ampleur, vient l'étreindre, l'approcher jusqu'à ce que poitrine contre torse soit, et que leurs lèvres dans ce mouvement, à l'unisson, se touchent. Les lèvres sont goulues, dans ce baiser à la fois inattendu et tendre, avec ce qu'il fait naître d'espoirs, de répit, d'abandons, ce que ces mots comportent d'ambivalence et d'épreuves, de brides abattues, puis perdues. Joie d'explorer un nouveau monde, celui de l'autre, ce qu'il promet d'irrésolu et de grâce, lorsque les peurs se recroquevillent au cœur de ce baiser, le premier. Magdalena dedans fracassée, mille morceaux à terre, le foutoir, Magdalena nuque relâchée et yeux clos, livre sa bouche entière.

Lui est à l'affût des secondes. Il a senti, contre son avant-bras, la taille ployer, le basculement de la colonne vertébrale, une cambrure se creuser, puis à l'approche des hanches, le pubis s'incruster à sa cuisse, et les seins simultanément se poser. Alors les digues lâchent, sa timidité valse aux orties. Il est devancé par son geste.

Quand les seins touchent son torse, quand il devine les côtes de Magdalena qui se soulèvent pour respirer, corps vivant contre le sien, il réalise qu'il l'embrasse. La rencontre des deux souffles agit comme une déflagration. Explosion du désir chez lui, perte de tous repères géographiques, temporels, rien sauf elle dans ses bras, et l'envie folle, par folle Jordan entend impérieuse et ardente, de parcourir ce territoire nouveau, encore inconnu quelques jours auparavant, dont l'existence lui échappait, et qui maintenant le dévore tout entier – pensée obnubilée et obligée par cette femme. À sentir la palpitation de la poitrine contrainte sous les habits qui la recouvrent, son imagination se déploie en vertiges. Vertige de sombrer dans ce corps inexploré, de caresser sa peau, il a déjà pris ses fesses à pleines mains – la connaître avec ses paumes. Grâce aux fesses qu'il agrippe et à l'empreinte des seins, il cède à la fureur de son désir qui détruit la cuisine et son foutoir, la maison éclusière et ses volets fermés. Décombres aussitôt balayés par une réalité plus belle encore :

l'apparition d'un monde vierge réuni fragment après fragment dans l'étreinte.

Une jungle maintenant flamboie sur les ruines du précédent.

Les respirations s'altèrent, se saccadent, puis s'imbriquent, se posent un instant dans le creux de l'oreille avant de percer un lieu tendre de leur conscience qui s'ouvre pour bientôt se dilater.

Magdalena effleure le cou de Jordan, passe son doigt dans le sillon de la nuque à la base du crâne, dérivant lentement. Elle se dit, je suis sur un radeau. Elle se voit en pleine tempête sans autre boussole que ce baiser qui la maintient debout contre lui.

La jungle se déploie à la vitesse de la lumière, faisant voler en éclats non seulement la maison, mais aussi le canal et les champs environnants, pour déposer délicatement Magdalena sur la banquette arrière de la voiture blanche.

Sans trop savoir comment, corps titubants, mains tenues, yeux attentifs aux obstacles, Jordan l'a menée vers sa voiture, ouverture à distance, connaissance précise de l'habitacle pour l'avoir de nombreuses fois pratiquée. Il l'allonge. D'un geste rapide, elle est jambes nues.

Ébloui par la blancheur de cette peau, incrédule face à ce sexe offert, il y plonge la langue.

Un baiser dans le baiser.

Jordan n'est pas resté dormir, pas même allongé, reposé dans la voiture ou sous la tente. Entre eux, il ne s'agit pas de cela. Ils se sont à peine parlé depuis cette première nuit où elle lui avait tout raconté. Il est parti en lui disant qu'il reviendrait. Elle n'a pas répondu. Peu importe qu'il revienne ou non. Elle le salue de la main lorsqu'il démarre. Elle veut être seule avec sa mère dans la maison éclusière, avec ce présent, ce don du temps.

Dans la cuisine, elle s'aperçoit que la bouteille est presque pleine. Jordan a laissé le tire-bouchon sur la table. Elle ajoute la tasse et le verre à l'amoncellement de l'évier. Elle s'en occupera demain.

La maison est calme. Aucun bruit en provenance de la chambre. Magdalena éteint les lumières et s'allonge tout habillée sur le duvet à l'intérieur de la tente.

L'amour qu'ils viennent de faire lui offre une joie inattendue. Sa vie, ces jours derniers, n'en fait qu'à sa tête, la ballotte d'un lieu à l'autre, d'un temps à l'autre. Elle pense aux luxueux hôtels où elle a souvent séjourné, aux literies moelleuses, sourires polis, bouquets déposés à son attention au concierge. Son image et sa notoriété sont ici balayées. Jordan ne l'a pas reconnue, et ça lui plaît.

Elle a toujours été attentive à ne pas oublier d'où elle venait, à continuer de prendre le métro, faire ses courses, aller au marché, en se cachant parfois derrière lunettes et bonnet quand elle était à ses heures glorieuses du cinéma. Il y a dix ans ou un peu plus, elle a perdu le compte de ces descentes et redescentes, elle avait été envahie par un grand vague à l'âme, pour ne pas dire dépression. Une histoire d'amour qui se finissait mal avait tout déclenché. Elle ne supportait plus l'écartèlement entre les sourires d'obligation, ce qu'on attendait d'elle tout le temps, vraiment tout le temps – elle pense que les autres ne comprennent pas ce que veut dire tout le temps. Sourires figés, photos, creuset de désir, puits à fantasmes, coquille vide, mots gaspillés, tirades ratées, engrenage putride. Je ne suis pas celle-là, mais je suis forcée de l'être, je gagne ma vie comme ça. Je laisse croire que mon image est une et bien lisse, sans aucune suture, alors que dedans je ne suis que fragments épars.

Elle s'épuisait, avait claqué la porte, elle finissait toujours par claquer la porte. C'était sa force. Pendant des mois, elle ne répondait pas au téléphone. Elle s'en foutait, elle disait, je m'en fous. À Adèle, elle répétait, laisse-moi tranquille.

Et puis, l'envie revenait. Elle ne savait jamais par quel mystérieux mécanisme elle sombrait et refaisait surface, mais l'un comme l'autre advenait. Elle mettait du temps à remonter la pente, à se regarder dans la glace sans dégoût, à se reconstituer une image qui lui semblait potable, à retourner sur les planches, à accepter d'être aimée pour ses rôles, à ne pas croire tout le monde hypocrite et servile.

Quand elle rappelait Adèle, elle demandait ce qu'elle avait à lui proposer, du théâtre, pas de cinéma. Adèle riait, elle la connaissait avec ses sautes d'humeur, alors elle laissait filer, elle savait qu'un jour ou l'autre, elle changerait d'avis, qu'on ne se défait pas si facilement de l'œil de la caméra qui caresse si bien, qui creuse parfois, mais qui caresse. Elle acquiesçait, d'accord, tout ce que tu voudras, Magda.

Et Magdalena reprenait vie un temps, jusqu'au gouffre suivant.

Ce soir, c'est autre chose, elle retourne à son origine. Il n'y a ni gouffre ni planches. Dans ce présent, qu'elle goûte sans pudeur, il y a un couloir encombré avec une tente plantée.

Le chat noir la rejoint, il marche sur les jambes de Magdalena, se frotte un peu à ses mollets, puis s'allonge près d'elle et entreprend sa toilette. Elle sourit, somnole, se demande si Apollonia se lèvera cette nuit, si elle butera contre la toile, si elles auront des rêves en commun. Un lieu de l'inconscient où elles pourraient se rencontrer et se raconter.

Il y a quelques mois, Magdalena avait consulté, par téléphone, une voyante, sur les conseils d'une amie qui lui avait dit, tu verras, elle est géniale ! Et cet argument lui avait suffi. Elle se sentait de nouveau perdue, la dépression la guettait, et ce nouvel abattement l'inquiétait. L'histoire d'amour qu'elle vivait la décevait. C'était toujours la même chose, la répétition des idylles précédentes, elle se trouvait prise au piège de l'ombre et de la lumière. L'impossibilité d'être reconnue dans sa vie intime, d'exister officiellement. Reconnue comme actrice, niée en tant que femme. C'était ce qu'elle ressentait profondément. Un paradoxe absurde, inimaginable pour les autres, qui l'exténuait.

Sur une impulsion, elle avait appelé. Sa question était simple : est-ce que cette crise est passagère ou définitive ? Elle avait ajouté sans ciller, je suis prête à changer de vie, de lieu, à tout foutre en l'air, moi comprise. Et la voyante, sibylline, après avoir tourné autour du pot, lui avait prédit : bientôt, il y aura un avant et un après.

Magdalena s'endort sous sa tente, en se disant qu'elle est au « et ».

Elle marche sur un chemin qui ne ressemble en rien à celui du canal, mais qui l'est par le pouvoir du rêve. L'heure est au crépuscule, entre chien et loup. Une brume humide recouvre le paysage. Magdalena marche seule, habillée comme lors de sa fuite, escarpins compris, chevilles qui tanguent sur les irrégularités du sol. Ses cheveux sont complètement blancs. C'est bien elle cependant, à son âge actuel, qui se dépêche sur le chemin. Elle doit faire vite, quelqu'un pourrait la rattraper. Qui et pourquoi ? Sensation d'oppression, elle a peu de temps. Soudain, une grande prairie toujours noyée dans la brume s'ouvre devant elle. À chaque pas,

Magdalena se baisse pour ramasser un à un les cailloux qu'elle a semés jusqu'à la maison éclusière pendant des années. Des milliers de cailloux gris qu'elle jette au loin pour être sûre de se perdre et de ne jamais retrouver son chemin.

Quand elle se réveille, quelques heures plus tard, il n'y a toujours aucun bruit. Elle sort de la tente, et va doucement pousser la porte de la chambre d'Apollonia. Elle est assise sur son lit dans le noir.

Attends, je vais ouvrir les volets.

La lumière entre.

Magdalena la voit, jambes ballantes, qui mange des biscuits à même le paquet. Elle s'assoit à côté d'elle sur le matelas.

je me souviens que tu aimais les gâteaux ;

je me souviens quand j'étais toute petite et que tu faisais des sablés au pavot ; ça me revient d'un coup le goût ;

Apollonia continue de manger ses biscuits, les uns après les autres, le regard dans le vide.

ça me revient d'un coup le goût ; je te vois dans la cuisine, les mains pleines de farine et comme tu souriais ; ça, c'était avant, quand je croyais que rien ne pouvait nous arriver ; quand j'aimais encore aller chez Marcelle&Michel en vacances ;

j'étais insouciante ;

je ne savais rien ;

Les épaules de Magdalena se voûtent, elle s'affaisse un peu sur elle-même.

je les ai détestés ; j'en ai voulu d'abord aux vieux, je pensais que c'était de leur faute, qu'ils n'avaient pas su te garder, pire, qu'ils avaient fait en sorte que tu partes ; Michel avec ses yeux mouillants et elle à gueuler ;

toi, tu étais comme une reine triste ; on aurait aimé te protéger, se battre pour toi, mais tu ne nous laissais pas approcher de ta tour ;

après j'en ai voulu à papa, pas tout de suite, mais une fois qu'il est parti lui aussi, je me suis dit qu'il avait sans doute tout manigancé, que ça l'arrangeait bien, une de perdue, dix de retrouvées ;

et moi ? qui me retrouverait ? on s'en foutait bien ;

Apollonia, muette, a cessé de manger des biscuits, le paquet est vide sur ses genoux. Magdalena l'observe.

ça devait être de ma faute, d'une manière ou d'une autre de ma faute ;

Et puis, surtout, c'est reposant, la tragédie, parce qu'on sait qu'il n'y a plus d'espoir, le sale espoir ; qu'on est pris comme un rat, avec tout le ciel sur son dos, et qu'on n'a plus qu'à crier, – pas à gémir, non, pas à se plaindre, – à gueuler à pleine voix ce qu'on ne sait peut-être même pas encore. Et pour rien : pour se le dire à soi, pour l'apprendre, soi.

elle m'a sauvée ma première Antigone ; tu imagines entendre le chœur dire ça après ta disparition ? je n'avais plus qu'à me laisser aller, à être porte-parole,

ils semblaient tellement justes ces mots, tellement puissants ; alors que ma réalité était nulle, rasée, absente ;
j'avais beau gueuler à pleine voix, tu ne revenais pas ;
j'ai des tas de fragments de texte en mémoire ; je les appelle mes débris ; je ne les ai pas écrits, mais je les ai appris, ils se sont incrustés dans le dur de mon cerveau ; et ça surgit toujours au moment opportun, sans crier gare ;
Tu as fini les gâteaux ?
Magdalena saisit le paquet vide, carton déchiqueté, barquette en plastique sortie.
Tu les caches où ? Je n'ai rien trouvé dans la maison.
En prenant la boîte, elle a frôlé la jambe d'Apollonia, ça lui a fait comme une décharge électrique. Apollonia n'a pas bougé.
Maman, tu es vivante ? parce que je ne sais plus très bien…
Avec appréhension, Magdalena maintenant touche la main de sa mère, lentement, elle la pose sur la sienne, elle voudrait vérifier.
maman ;

La main. Et Apollonia, si loin, frémit quand la grande paume de sa fille se pose sur sa main fripée. Apollonia pense à celle de sa mère qu'elle n'a pas pu toucher. Elle pense à la main de sa mère qui était sortie de sa mémoire et qui était revenue dactylographiée dans l'enveloppe. Elle aurait voulu sentir sa paume une dernière fois. Elle aurait voulu voir sa peau, son regard avant qu'elle ne meure. Qui s'est octroyé le droit de la dernière main posée ? Ça la hante. Trop de mains peuplent son silence.

Elle perçoit le toucher de Magdalena sans savoir tout à fait de quelle femme il s'agit. Si elle se retournait et l'observait pour de bon, elle se dirait que c'est peut-être sa mère qui est revenue, sa mère assassinée là-bas, si loin, en Pologne. Si loin, qu'elle l'a oubliée. Si loin qu'elle a cru être une autre. Une autre histoire, des parents différents. Passé occulté, tassé, congédié.

Apollonia s'est perdue entre les lignes dactylographiées. La lettre lui décrivait quelque chose qui ne pouvait pas exister sans l'interdire à la vie, l'anéantir. La tuer.

Apollonia et Magdalena, sur le lit défait, commencent de se rejoindre.

Je vais m'occuper de toi.

Magdalena lui prend la main plus fermement. Le toucher est doux, la main d'Apollonia fragile, un oisillon tendre, les os pourraient se briser sous la peau plumée.

Maman, je vais te laver.

Apollonia la regarde maintenant, mais semble ne pas comprendre, ses yeux peinent à la fixer.

Viens.

Magdalena se lève, debout devant sa mère toujours assise, elle lui prend l'autre main.

Viens.

Et, dans un mouvement lent, Apollonia se lève à son tour. Elles se font face.

Viens.

Elle la soutient par l'épaule, délicatement.

Dans la salle de bains, alors qu'Apollonia attend, Magdalena lui dit, est-ce que tu veux que je t'aide à te déshabiller ?

Apollonia ne bouge pas, les yeux dans le vague. Qui a déshabillé sa mère, le moment venu ? Qui a posé un dernier regard sur son corps nu ?

Maman ? Je vais t'aider.

Et Magdalena le fait, comme si ce geste avait toujours eu lieu. Elle l'aide à retirer le pull et son haut en polyester, puis elle s'accroupit, afin qu'Apollonia s'appuie sur ses épaules pour ne pas tomber. Elle enlève le jean et la culotte en coton, laisse les habits en tas.

Apollonia semble soudain toute petite, chétive, les jambes pâles, les poils de son pubis sont blancs, sa taille n'est pas marquée, elle monte toute droite des hanches aux côtes, alors que ses seins s'étendent sur son ventre. C'est la première fois que Magdalena voit sa mère nue.

Elle murmure à présent, viens.

Quelques pas jusqu'à la baignoire. Magdalena l'aide à enjamber le rebord. C'est plus simple qu'elle ne l'aurait imaginé de laver sa mère à l'eau tiède, c'est même tendre.

En passant le savon sur le ventre, elle pense, je suis née là, de cette peau.

Magdalena passe tout le dimanche à ranger, nettoyer. D'abord, la cuisine. Vider les placards, laver, récurer le carrelage, l'évier, des années de crasse, de nourriture oubliée, périmée. Une dizaine de sacs poubelle s'ajoutent au tas sur le terrain. Le résultat est spectaculaire. Odeur de Javel qui plane.

Je veux défaire toute cette merde.

Huile de coude, échine courbée, brosse de crin.

Ça me fait un bien fou.

Magdalena est assise en tailleur au milieu de la cuisine qui semble soudain si vide. Apollonia passe d'une pièce à l'autre, sort un peu, fait ses tours habituels. On dirait un automate. Magdalena hésite à la suivre. À quoi bon ? Elles sont ensemble à présent.

La fille a réuni les chaises autour de la table, frotté la toile cirée, trié la vaisselle. Restent trois assiettes, cinq bols, pourquoi autant ?, quelques verres, deux tasses, des couverts. Le tout dans le placard. Au sol, les croquettes pour chat sont dans une écuelle. L'évier a retrouvé sa blancheur immaculée. La fenêtre, au carreau cassé, est ouverte, et le printemps entre d'un coup. Magdalena s'accoude, contemple le canal qui passe non loin, les herbes folles. L'endroit lui plaît. Le taudis devient lumineux. Elle se dit qu'elle pourrait y rester des semaines, des mois. Pourquoi ne pas rattraper ainsi le temps perdu ? Elle pense à Jordan et sourit, puis va boire un verre d'eau pour reprendre des forces.

La chambre. Cette pièce l'inquiète. Dans la cuisine, le tri était simple, des détritus et de la vaisselle sale, alors qu'ici, il y a des journaux, des papiers, des lettres même pas décachetées. Elle se demande si elle a le droit. Elle a peur de ce qu'elle peut trouver. A-t-elle vraiment envie de savoir ?

Apollonia est dans le salon, assise sur un des fauteuils avec le chat noir sur les genoux. Magdalena lui dit, je vais ranger ta chambre, est-ce que ça te dérange ? Elle réalise l'incongruité de sa question. Apollonia la regarde un instant, et ses yeux se posent ailleurs. Magdalena attend une réponse qui ne vient pas, puis repart en déclarant qu'elle fera de son mieux.

Elle commence par jeter toutes les boîtes de gâteaux vides et les catalogues publicitaires des grandes surfaces, certains ont plus de dix ans. La réalité de la vie de sa mère lui saute aux yeux.

Depuis dix ans, tu dors dans ce désordre ?

En milieu d'après-midi, elle mange une banane et boit de l'eau. Apollonia n'a pas bougé, elle somnole dans le fauteuil. Magdalena continue, fait des tas, les lettres, certains journaux, décide de manière aléatoire ce qu'elle garde ou pas. Ça prend forme. Elle passe le balai, ajoute encore des sacs poubelle dans le jardin.

Il ne reste plus que l'armoire, sombre et rustique, à doubles battants.

Quand elle l'ouvre, elle voit un fatras d'habits, certains pliés, d'autres pêle-mêle. Le sol propre, elle sort tous les vêtements, les trie, écarte ceux qui sont trop sales, range les autres. Elle veut faire de la place dans le meuble pour les papiers. D'ailleurs, il y en a déjà. Elle prend la pile. Des factures de gaz, des ordonnances délivrées par un médecin de Marmande qui s'échelonnent sur plusieurs années. Elle les met à part. Est-ce que c'est lui qui vient pour les médicaments ? Elle l'appellera.

Dans le tas d'ordonnances, une attire son attention. Le papier est jauni. Elle provient du centre hospitalier de Cadillac. Son cœur se fige. Il y a quinze ans, Apollonia était là-bas. Elle essaie de mettre les événements par ordre chronologique, de les classer eux aussi, mais n'y parvient pas. Quand Apollonia était-elle arrivée à Cadillac ? Combien d'années après être partie ?

Magdalena a entendu parler de l'hôpital psychiatrique de Cadillac, près de Bordeaux, qui depuis des siècles accueille des patients, et dispose d'une unité spécialisée pour les plus violents d'entre eux.

Les ruines. Apollonia dormait, elle se sentait bien, enfin loin. Elle pensait à sa fille et puis l'oubliait. Pendant ses brefs moments de lucidité, elle se disait qu'Isidore ferait mieux sans elle, que Magdalena était en sécurité avec Marcelle&Michel, que cette histoire, la sienne, le mensonge de son identité, s'arrêterait avec elle. Grâce aux médicaments, plus de ruines, plus de guerre, plus de frontières et une vie libre pour sa fille.

Qui peut se figurer Apollonia dans la grande salle commune, les jeux de cartes, la cantine, les plateaux-repas, la chambre triste, les cris la nuit, les amitiés folles ? Une nouvelle famille. La barrière qui s'érigeait avec le reste du monde et l'impossibilité de la franchir.

Apollonia perdait la notion du temps. Elle était avec eux, ses parents, sa famille, son enfance tendre, avant l'hiver de Łódź, la neige, la chute du train, et l'oubli. L'oubli qui la sauve et la détruit à la fois.

Apollonia se glissait dans l'enveloppe de papier kraft en se disant qu'elle y passerait le restant de sa vie, à la recherche des visages du temps perdu.

Magdalena met l'ordonnance de Cadillac à part. Elle aimerait reprendre son souffle. Quelle vérité cherche-t-elle ? En rangeant, elle pensait repartir à zéro, balayer le passé, mais il la saisit à la gorge. Elle repose l'ordonnance avec les autres. Elle verra plus tard.

Pour l'instant, elle s'agenouille. Tout en bas de l'armoire, il y a des sacs plastiques en vrac, un ciré jaune, elle le sort. En dessous, côte à côte et bien alignées, les boîtes de gâteaux. Toutes les mêmes, des sablés nantais d'une marque bas de gamme. Elle compte vingt-deux boîtes. Le trésor d'Apollonia. Elle en retire une, va dans le salon.

J'ai trouvé tes biscuits !

Apollonia la regarde.

Si tu permets, j'ouvre un paquet.

Elle s'assoit par terre près de sa mère, la tête contre l'accoudoir.

Elles vont se partager le contenu. Chacune en mangera six.

C'est vrai qu'ils sont bons !

Apollonia mâche sans répondre.

Quand elles ont fini, Magdalena va leur chercher des verres d'eau. Elles boivent d'un trait. C'est déjà la fin d'après-midi. Magdalena n'a pas vu le temps passer.

Elle retourne dans la chambre.

Elle sort la dernière pile de papiers de l'armoire. De vieux journaux et une revue qui tombe de ses mains. Elle est en couverture, la publication date de l'année précédente. Elle regrettait amèrement d'avoir donné cette interview. Adèle avait insisté, comme tous les agents, mais si, tu verras, c'est bien pour le spectacle à venir, et puis ça ne se refuse pas ! Elle aurait dû pourtant.

La journaliste était bien informée, elle lui avait d'abord posé des questions sur sa carrière, ses débuts, son César, le théâtre, ses choix, ses rôles préférés, puis d'un coup d'un seul : et votre mère disparue ?

Ça avait pris Magdalena complètement au dépourvu. Comment savait-elle ? Qui lui avait dit ? Elle était stupéfaite. Elle s'était levée et, avant d'attraper sa veste et de se volatiliser, lui avait crié d'aller se faire foutre.

Magdalena range la revue. Elle pourrait la mettre sous le nez d'Apollonia jusqu'à obtenir une réponse. Depuis quand tu t'intéresses à ce que je fais ? Pour conclure par : pourquoi es-tu partie ?

Non, ne surtout pas prendre le risque de briser leur douceur, même si elle est grevée de silence. On verra plus tard, le moment venu.

La chambre ressemble à une chambre. Et l'après-midi touche à sa fin. Magdalena se sent soudain épuisée, elle a très faim. Elle avale une banane en trois bouchées.

Apollonia est sortie. Elle la rejoint près de la montagne de sacs poubelle.

J'irai à la déchetterie bientôt, ne t'inquiète pas !

Apollonia n'est pas inquiète, seulement perdue dans sa contemplation. Elles se mettent en marche, font le tour des sacs, les regardent encore un temps, puis retournent vers le canal. Et comme les mots font bien ce qu'ils veulent, Magdalena s'entend dire :

J'ai trouvé la revue dans ton armoire, celle où je suis en couverture.

Silence.

Tu m'avais reconnue ? Comment ça se fait que tu aies cette revue ?

Silence.

cette journaliste, je l'avais croisée dans des soirées, toujours sympathique, un peu trop ;

une femme qui croit qu'avec trois questions, elle peut te retourner, te rendre aussi transparente qu'un lac suédois, qu'elle pourrait te piquer à vif, et qu'une vérité en sortirait, une vérité que tu n'aurais jamais dite à personne, qu'elle serait la première à obtenir ;

je l'ai vue venir, préparer le terrain avec ses sourires appuyés, pleine d'éloges, je pensais qu'elle m'interrogerait sur mes amours, celles avérées et peut-être même celles cachées, mais toi, ta disparition, ça m'a fauchée comme une herbe au vent, j'étais estomaquée par son intrusion dans un lieu si intime ;

ta disparition, je n'en parle pas, et si je le fais, je suis la seule à en avoir le droit, l'unique pouvoir que j'ai sur cette histoire-là, c'est de la raconter, tout le reste m'échappe, et ce pouvoir, aussi modeste soit-il, personne, personne n'est autorisé à se l'octroyer ;

alors, je me suis levée et je lui ai dit d'aller se faire foutre ;

avec panache et bien fort, d'aller se faire foutre ;

ça ne m'a pas protégée de la peine, mais ça ne me faisait pas peur ;

Antigone n'a peur de rien ;

Ceux-ci avoueraient tous que mon geste leur plaît sans la peur qui leur tient la langue prisonnière.

comment t'expliquer comme Antigone m'a guidée ?

si elle pouvait enterrer son frère sans craindre de mourir, alors je pouvais t'enterrer sans craindre de vivre ;

les pièces, les rôles sont comme des petits trous en moi, des espaces où je peux respirer, des bulles d'air, qui s'élèvent d'un endroit verrouillé par ton départ, avec lequel il fallait que je vive, vivre tout en l'évitant, l'éviter en sachant qu'il existe ;
je pouvais en parler avec d'autres mots, d'autres peaux ;
avec Sophocle, je me suis trouvée malléable, un bout de glaise qu'on pouvait triturer, écraser, étirer ; je prenais toutes les empreintes, les marques des mains qui me tenaient, parce que je n'ai pas peur, parce qu'il y a une part de l'orgueil d'Antigone, que je comprends, et qui m'apprend, moi ;
avec toi en creux, parce qu'Antigone, c'est quoi sinon l'hommage à l'absent bafoué ? tu es mon absente, tu étais mon absente ; et je croyais pouvoir tout supporter puisque j'avais survécu à ton départ ; des histoires d'amour crues, tellement crues ;
un metteur en scène pendant des années, je l'ai rencontré quand je sortais du conservatoire, j'avais 24 ans et lui autant de plus ; il a tout de suite vu la brèche, c'est son métier de voir la brèche, de considérer que c'est quand tu parles de cet endroit-là que tu es la meilleure, là où tu es le plus fragile, et toi, tu y crois aussi, parce que la brèche, c'est ce que tu as toujours voulu cacher, mais en même temps, ça te rend furieuse que personne ne reconnaisse la force que tu déploies, à chaque instant, pour vivre comme si de rien n'était ; sans la brèche, tu n'es rien, et lui le sait ;
d'abord, il m'a dit que cette brèche, c'était ce que j'avais de plus beau, pas la peau, les seins, les cheveux ni la bouche, pas ma beauté visible ; non, il me

répétait que cette apparence était un leurre, que la flamme à laquelle il se brûlait était ailleurs ;

il était celui qui pour la première fois comprenait, ne se méprenait pas sur ce que je croyais invisible ; il me répétait, je suis l'œil du prince ;

ensuite, il m'a persuadée que cette brèche me rendait unique ; n'hésite pas, plonge, je te tiens, tu peux te désarmer, me disait-il ; plus je me désarmais, plus il l'exigeait ; sur scène, ce n'était jamais assez profond, assez juste, assez abandonné ; dans l'oreille, il me chuchotait, tu peux tout, je le sais, je te l'ordonne, tu ne peux pas tomber ;

et j'ôtais armures, pelures, les unes après les autres, je restais à vif ; et le succès venait ; et dans l'oreille, il me disait, tu vois j'ai raison, fais-moi confiance, sois ma glaise, laisse-toi faire, il n'y a qu'une seule manière d'être nue, c'est entre mes mains ;

j'étais dépliée sur scène, repliée dans la chambre ;

et ça se brouille, ça s'emballe, devient incohérent, il se prend pour toi, tu ne peux plus vivre sans lui puisqu'il t'a dit que tu pouvais t'exposer sans risques, mais seulement dans sa grâce à lui ; et il voit toute cette lumière qui ruisselle sur toi, ça le rend à la fois heureux et fou, ton succès ;

et il te plie de plus en plus dans la chambre, en deux, en quatre, en huit ;

tu n'es plus qu'un tas recroquevillé ;

je ne sais pas quand j'ai compris, un regard, un geste, et tu découvres soudain que cet amour a la même racine que la haine, que la fleur hésite entre pétale et épine ; et tu prends peur, tu réalises que tu n'es pas la sculpture d'un autre, que c'est toi qui t'échafaudes de l'intérieur ;

et tu pars ;
tu avais oublié ta force ;
tu ne demandes pas ton reste, tu laisses les affres, les serments, les menaces, et toutes leurs répliques ;
et tu claques la porte ;

Le lendemain, c'est une femme qui frappe à la porte. Tous les volets sont fermés. Il est neuf heures du matin. Magdalena a dormi sous la tente dans le couloir. Elle a très bien dormi, sommeil de plomb avec le chat noir qui s'est lové contre elle. À neuf heures, quand ça cogne, elle sursaute, se demande un instant où elle est, et se précipite pour ouvrir.

Une jeune femme aux cheveux courts, chargée d'un gros sac à dos, regarde Magdalena avec des yeux incrédules.

Bonjour, excusez-moi de vous déranger. Je pensais voir Apollonia. Je suis Stéphanie, l'aide-soignante qui lui livre ses médicaments toutes les semaines.

Et moi, je suis sa fille.

Je peux entrer ?

Magdalena lui cède le passage.

Je vous sers un verre d'eau ou un café ?

Ah oui, un café, volontiers.

La jeune femme s'assoit dans la cuisine et observe alentour.

Qu'est-ce qu'il s'est passé ici ? C'est vous qui avez tout nettoyé ?

Oui, je suis arrivée vendredi. Et vous, vous venez tous les lundis ?

Oui.

Il y a un silence pendant que Magdalena prépare le café. Elle pose deux bols sur la table et bientôt la cafetière.

Stéphanie touche la toile cirée. C'est tellement propre ! Puis boit une gorgée.

Magdalena explique, j'ai vu le semainier, elle prend ses médicaments consciencieusement.

Une silence et Magdalena demande, elle vous parle, à vous ?

Non, pas vraiment. Un peu, au début. Maintenant, rien. Mais elle est pas méchante. Le médecin du village est mort, il y a quelques années. Il lui rendait visite régulièrement, ouvrait la maison, l'incitait à ranger, c'était plus propre. Aujourd'hui, c'est quelqu'un de Marmande qui la suit de loin, et moi qui lui porte ses médicaments. Son état s'est dégradé. Avant, elle se mettait en colère, maintenant elle semble complètement ailleurs. J'ai vu la crasse et les détritus s'empiler, les chats s'installer. Je vais chez des gens toute la journée et je connais toute leur vie. Sur votre maman, pas grand-chose, seulement qu'elle est passée par Cadillac…

Elle ne vous a jamais dit qu'elle avait une fille ?

Non. Le médecin croyait qu'elle n'avait pas de famille. Je ne me suis pas posé de questions. Les gens dans une grande solitude, il y en a plein, ici comme partout. Mais il y a quelques mois, je me suis inquiétée de la voir comme ça. Et je me suis dit qu'il fallait alerter un proche, même lointain. Un neveu, une nièce, un cousin qui pourrait s'occuper d'elle, envisager une tutelle… Par les services de la Sécu, j'ai retrouvé le nom de son mari. Votre papa ?

Magdalena ne répond pas. Elles se dévisagent. Magdalena finit par hocher la tête. L'aide-soignante poursuit.

J'ai cherché sur Internet aussi. En tapant son nom, je suis tombée sur vous… Et puis, l'autre jour, elle lisait dans un fauteuil du salon. Ça m'a étonnée, je me suis approchée. Elle ne m'a rien dit, mais elle pointait la photo de couverture avec son index. C'était vous. Ses yeux étaient pleins de joie, comme une enfant. Je n'avais plus de doutes. J'ai continué mes recherches et j'ai trouvé votre agent. Je l'ai appelée vendredi. J'ai vraiment insisté pour que vous veniez. Elle était réticente, elle pensait que vous ne vouliez pas en entendre parler, que c'était trop compliqué. Mais on ne peut plus la laisser seule, Apollonia ! Je ne sais pas quelle histoire il y a entre vous. Mais maintenant, il faut oublier tout ça…

La jeune femme attend une explication.

Magdalena a un haut-le-cœur.

Ça va ? Vous êtes toute pâle !

Magdalena se lève. Excusez-moi, je dois prendre l'air.

Elle sort dans le jardin, Stéphanie la suit.

Je suis arrivée vendredi, ça faisait plus de trente ans que je ne l'avais pas vue. Du jour au lendemain, quand j'étais adolescente, elle a disparu. D'abord on m'a expliqué qu'elle était partie se reposer, ensuite, on m'a dit qu'on ne savait pas. Et aussi, qu'elle connaissait l'adresse, que si elle ne revenait pas, c'était qu'elle n'en avait pas envie. Mon père avait refait sa vie. Il détestait parler de ma mère, quand je lui demandais s'il avait des nouvelles, il me répondait que non, et que c'était son choix à elle de ne pas en donner. Je lui en ai voulu, j'étais en colère, puis je me suis lassée de poser des questions. Et pendant des années, j'ai tout fait pour oublier. J'ai réussi. Je n'avais plus besoin de mère, plus besoin de personne. J'ai coupé les ponts avec ma famille. On était tous dans un déni profond, je crois, chacun avec ses raisons. Mais quand Adèle m'a envoyé un message avec l'adresse, c'était plus fort que moi. Elle était de nouveau là, et j'ai couru jusqu'ici…

Stéphanie pose sa main sur l'épaule de Magdalena qui soudain s'engouffre dans les bras de la jeune femme en lui disant, elle ne me parle pas, toujours pas.

Le dimanche, Jordan est allé déjeuner chez sa mère. Il a vu sa sœur et ses neveux, ainsi que le poulet rôti assorti de ses frites. Joies et fourchettes grasses tout autour de la table. Rires d'enfants et côtes-de-duras dans les verres. Chaque dimanche, c'est le même déjeuner, on y va en croyant s'ennuyer et finalement, on se laisse prendre au jeu en s'étonnant de se trouver bien.

Il pense à Magdalena par instants fugaces. Il ne se dit pas qu'il a envie de la revoir. Un jour ou l'autre, il ne sait pas quand.

Il repart après avoir joué au ballon avec les enfants et le chien qui court dans leurs jambes.

En fin d'après-midi, il rejoint ses amis dans l'un des seuls bistrots de Marmande ouverts le dimanche. Ils boivent des bières, commentent les derniers matchs de NBA. Jordan se fout du rugby, ce qu'il aime, c'est le basket – passion ardente pour les Lakers. S'il avait été plus grand, il aurait tout fait pour devenir professionnel.

Comme les déjeuners dominicaux, les bières de dix-huit heures sont un rituel immuable. On ne se dit rien, on pourrait, mais on ne le fait pas. On passe le temps. On rit, on prend des nouvelles, on se tape sur l'épaule.

T'étais où hier soir, Jordan, on t'a pas vu ?

Clin d'œil en réponse. Exclamations en écho.

Des détails !

Jordan esquive. Non aucun.

Allez !

Jordan sourit en regardant ses baskets.

Salomé ? tente l'un d'entre eux.

Jordan laisse planer le doute, fait diversion. Il dit, foutez-moi la paix. Et ça passe, on parle d'autre chose.

Il n'y pense plus jusqu'au lendemain, quand il est au magasin. Son esprit divague entre ennui et légère gueule de bois.

Il revoit soudain Magdalena de dos dans la cuisine, près de l'évier, qui cherche des verres. Ses cheveux mouillés gouttent sur le haut de sa polaire, des petites taches qui viennent consteller les omoplates. Il n'avait pas prêté attention aux cheveux, à ce moment-là, il se concentrait seulement sur l'émotion qu'elle lui procurait.

Il conseille un client pour une table de ping-pong qui irait dans le jardin. Il écoute, sourit, donne son avis, pendant que les boucles ruissellent dans son esprit.

Quand il va voir Vincent à l'atelier vélo, au beau milieu des commentaires sur les freins à réparer, c'est le mouvement de bascule de la tête de Magdalena dans la voiture qui le prend au dépourvu. Les yeux fermés, la nuque cambrée, la bouche entrouverte.

Il était alors tout près du visage, mais maintenant qu'il parle à Vincent, il arrive à garder une certaine distance. Il recule encore et voit le profil entier, le nez droit, la peau si blanche, les pommettes qui brusquent l'ovale, les sourcils dessinés au fusain, les paupières nues sans fard, son front penché vers le plancher de la voiture, ce visage renversé qui s'abandonne.

Jordan se souvient de son désir et de l'exaltation qu'il avait eue à la voir entièrement nue. Sur la banquette arrière, il l'avait aidée à enlever un à un les vêtements qu'il lui avait recommandés la veille.

Un à un les vêtements.

Tout en parlant à Vincent, il se rallie au temps présent et poursuit sa journée. Il laisse Magdalena déshabillée dans la voiture jusqu'à la fermeture du magasin, quand il ôte son blouson pour s'installer au volant.

Il sent alors sa peau dans ses mains. Ça lui coupe le souffle, et ça le propulse directement au samedi soir, quand l'éblouissement l'a saisi à quelques kilomètres de là. Il s'était demandé s'il avait déjà été ému de la sorte. En caressant les hanches de Magdalena, il voyait la jungle flamboyante qu'ils formaient à eux deux se déployer devant ses yeux. Et Magdalena, monde entier, l'accueillait, cheveux ruisselants qui tachent la polaire. Fesses, jambes, seins, ventre, visage reliés tous ensemble, membres d'un corps mouvant, vivant.

Il a pour seule obsession celle d'y revenir, de retrouver le chemin secret, s'y perdre, y poser ses mains.

Il conduit vers Calonges sans tire-bouchon ni bouteille, rien qui viendrait préméditer sa visite. Quand il arrive, elle est debout près du pont à contempler le canal qui passe sous la construction de métal.

Il s'approche, elle le regarde. Ni sourire ni joie dans ses yeux.

Et tout s'effondre en lui, la jungle, les corps, le désir, sa peau, sa douceur, la tendresse qui le traversait un instant auparavant. Tout se noie.

Elle lui dit, ce n'est pas le moment, Jordan, je m'excuse.

Avant de se perdre à nouveau dans la contemplation de l'eau, et lui de repartir sans un mot.

L'aide-soignante avait laissé les médicaments et son numéro de téléphone. Après son départ, Magdalena s'était sentie désemparée, toute colère envolée. Comment ont-elles pu vivre, l'une et l'autre, dans deux mondes parallèles et si parfaitement hermétiques ?

Apollonia s'était levée tard. Debout dans la cuisine, elles avaient grignoté des biscuits en silence, une boîte chacune.

Il faudrait aller faire des courses, manger autre chose que des sablés nantais, se disait Magdalena.

Apollonia avait erré toute la journée, Magdalena rangé le salon et, quelques instants avant que Jordan ne la surprenne dans sa contemplation du canal, elle pensait à repartir. Dès le lendemain, reprendre la route, aller à sa répétition de mercredi matin, l'air de rien, et se contenter de ce qu'elle avait découvert.

Ma mère est en vie, le reste, ses mystères, ne m'apprendront rien. Ses secrets lui appartiennent. J'abandonne. Mes tentatives d'énumérations sont vaines. On ne sait jamais rien de l'autre. On espère simplement qu'il soit.

En fin d'après-midi, la maison était parfaitement ordonnée. Les chats déroutés se cachaient sous les fauteuils, Magdalena assise devant la table se servait un verre de vin qui, en deux jours, s'était oxydé. Il lui fallut trois gorgées pour ne plus faire la grimace. Elle trempa un biscuit dedans qui s'effrita. Elle le rattrapa de justesse, le laissa fondre dans sa bouche.

Quand elle pensait à Jordan, elle se disait qu'il faisait partie de cette parenthèse et, que par sa présence, il lui donnait la certitude d'avoir été ici. Il était le témoin de leurs retrouvailles.

Et Isidore ? Elle aurait pu le prévenir. Je suis avec Apollonia. Mais pourquoi lui-même ne s'en était-il ni chargé ni soucié durant toutes ces années ? Elle a toujours soupçonné son père d'en savoir plus, de lui avoir caché des choses.

Le lien s'était tellement dégradé entre le père et la fille, qu'ils ne s'appelaient que pour les anniversaires et Noël.

En regardant l'eau passer sous ses pieds, elle se souvient de Marcelle&Michel, morts il y a dix ans, à quelques mois d'intervalle. Marcelle, d'une crise cardiaque. Ça l'avait stupéfaite. Elle croyait naïvement qu'ils seraient là pour toujours. Et même si elle leur parlait peu, elle espérait encore aller les voir, s'expliquer, leur dire qu'elle les aimait, que rien n'était de leur faute. Mais chaque fois, elle repoussait ce voyage.

À l'enterrement de Marcelle, Michel n'était plus que l'ombre de lui-même. Il avait commencé de dire, je vais la rejoindre, et avait fini par le faire en arrêtant de s'alimenter. La maison avait été vendue, et

Magdalena avait eu l'impression qu'il ne lui restait rien de son enfance, que tout avait été effacé.

Une disparition, deux morts, une maison vendue et table rase.

Elle pense à ses compagnons comédiens, parisiens, chacun portant son histoire tordue, kyrielle d'amochés, souvent discrets sur leur passé, partageant parfois un souvenir si l'amitié le permettait. Magdalena s'invente dans ses personnages, n'évoque jamais le pavillon triste de ses grands-parents. On lui demande rarement d'où elle vient, mais toujours où elle va, ses projets, ses rôles, un futur si prégnant à chaque instant. Une fuite en avant, demain, demain, demain.

Seule sur le pont, elle se dit qu'elle n'a jamais été autant en prise avec le présent. Ce séjour stoppe net la fuite en avant, en la mettant face à sa mère, à cette plaie en passe de devenir cicatrice, qu'elle avait sans cesse évitée à force d'embuscades, détours, voyages, amours et tirades.

L'art de l'évitement, voilà ce qu'elle se dit quand Jordan approche. Elle voit sa franchise, son innocence – que pourrait-il comprendre ? –, elle voit son désir aussi. Elle est si lasse à cet instant, elle veut se claquemurer.

Elle s'entend dire, ce n'est pas le moment.

Le bruit de la voiture disparaît entre les platanes. Elle se répète, l'art de l'évitement encore et toujours, et sait qu'elle le regrettera.

Apollonia a pris ses médicaments, elle a fait des tours de terrain, s'est laissé laver par sa fille. En ce lundi, elles ont bu un dernier verre d'eau autour de la table de la cuisine. Et Apollonia est partie dans sa chambre, porte fermée, pour dormir.

Magdalena installe la tente dans le salon, elle encombre moins ici. Elle pousse les fauteuils, sur l'un d'eux, elle trouve le pull bleu bouchonné – ce premier lien avec sa mère – plein de poussière, il pue toujours autant. Elle l'emporte, le lave dans l'évier de la cuisine, le frotte avec du savon, le rince plusieurs fois, l'essore et le met à sécher sur le rebord de la baignoire de la salle de bains. Elle finit ensuite de s'installer.

La lumière est blafarde, les volets sont fermés, il est vingt et une heures trente. Ce salon si bien rangé lui semble impersonnel et laid, sans intérêt. Elle s'assoit sur un des fauteuils, regarde le plafond, cligne un œil, puis l'autre, se remémore le plafond de son enfance dans sa chambre chez Marcelle&Michel.

Un œil, puis l'autre qui pleure.

Quel gâchis, ces vies si fragiles. Où se sont exilés tous les fantômes qui l'accompagnaient depuis si longtemps ?

Elle va partir le lendemain matin. Elle prendra le pull en souvenir. Elle a bien rangé la maison, fait place nette. Sa mère est vivante, c'est l'essentiel. Elle reviendra, mais là, elle a besoin de récupérer, de retrouver son souffle à Paris.

Toujours Magdalena a cru que son existence s'était arrêtée avec la disparition d'Apollonia, elle a cru que cet événement avait été crucial. Et si au contraire, elle le réalise à présent, il était mineur au regard de tout ce qu'elle avait accompli depuis ? Les rencontres, les amitiés, les rôles, la folie d'être sur scène, la claque des applaudissements – quand elle court au centre du plateau avec la poursuite sur elle, pleins feux, et que ça la gifle en plein cœur, que ça l'émeut jusqu'aux limbes, les applaudissements. Les larmes aussi, avec l'épuisement et la joie, après les mois de répétitions, le texte en mémoire, les suspensions, les gestes, la chaleur des autres, les amitiés si solides, indéfectibles, le temps de la production, puis si vite dissoutes.

J'ai cru que ma vraie vie était celle de l'attente d'une absente. Et si je m'étais trompée tout du long, si cet évitement m'avait simplement déplacée, posée à côté, délicatement posée à côté du lieu de la blessure, à une distance suffisante pour la voir sans la subir ? Je suis l'évitement, ce ne sont pas les rôles qui sont l'effacement du trait, mais bien moi-même, faite de faisceaux multiples qui sillonnent mon cœur avant de le devenir. À force, l'absence s'est faite secondaire, un détail brouillé, estompé par les tentatives d'être soi.

Mes débris de texte en forment un plus grand, illisible pour les autres, mais par moi choisi. Construction élaborée et intime dont le commencement a été la disparition d'Apollonia.

Il faut partir pour continuer.

Et ne rien entraver.

Partir.

Magdalena s'enflamme. Elle ne pleure plus, elle tourne en rond dans le salon, se sent à l'étroit et décide d'aller marcher une dernière fois le long du canal. Arpenter le paysage, s'en faire un long souvenir et pouvoir y revenir quand elle sera à Paris, se dire, c'était là, c'est là. Cet endroit existe, je l'ai cartographié.

Dehors, il fait nuit noire. Quelques éclats de lumière parsèment le cours d'eau. Elle longe les grands platanes qui embrassent le chemin de halage. Prise de frissons, elle n'entend ni le chant des oiseaux nocturnes ni le subtil bruissement des feuilles. Son pas s'accélère. Ce n'est pas une balade, Magdalena ne contemple rien, elle court sur ce territoire qui devient histoire, la sienne. Une carte tatouée sur le cœur.

Et lui viennent les mots de Rosa.

On n'a pas besoin d'être très vieille pour comprendre les choses. Une fois, seulement une fois et ce doit être… le ciel… dans le souvenir. Les autres fois ? Oui… ce doit être quelque chose, mais seulement une fois, et le ciel dans votre mémoire…

Et elle comprend soudain que, dans la pièce, Rosa en sait plus que sa mère, que grâce à ce savoir, elle devient la mère. Toute *La Rose tatouée* s'aventure sur cette frontière sensible, changeante, fragile. Quand elle l'avait joué, elle ne l'avait pas compris.

J'en sais peut-être plus qu'Apollonia. Il ne s'agit pas d'événements, de faits, il s'agit d'une histoire tacite qu'elle n'a pas voulu me dire, quelque chose qui n'est pas un fardeau, quelque chose qui a son poids, son pesant d'or et de fumier, d'ossements, quelque chose qui lui a été transmis sans mots.

Et j'attends depuis toujours qu'elle me raconte cette histoire, la sienne, et j'ai fait mon métier de la déclamer sans la connaître. Par ma bouche, par mon corps circulent aussi bien les tirades d'Antigone que celles de Rosa et d'Apollonia, de toutes celles que j'ai pu rencontrer, de toutes les filles dépositaires d'un passé de plomb, épaules cassées, échines broyées.

Et ce soir, elle court dans le ciel du canal, elle arpente le ciel de sa mémoire au gré des textes ingurgités. Il n'y a rien qu'elle ne sache déjà, rien qui ne lui ait été dit.

Magdalena court comme au premier jour dans cette masse sombre, épaisse, brume du soir, humidité des plantes, qui pourrait aussi bien être celle d'un rêve. Une course effrénée à la quête d'une réponse trop longtemps tue, et à laquelle elle renonce à l'instant. Qu'imaginait-elle ?

Qu'est-ce que j'espérais ?

J'espérais un mot.

Et le voilà, ce mot, alors qu'elle ne voit pas encore Apollonia qui l'attend sur le seuil de la porte.

Magdalena l'aperçoit maintenant. Soubresauts dans leurs corps à elles deux. Et Apollonia inquiète qui s'approche :

Mais où étais-tu ?

Mais où étais-tu ?

Et elle la prend par la main, l'entraîne à l'intérieur de la maison, traverse le couloir pour arriver dans la chambre et là, avec une force insoupçonnée, Apollonia jette au sol les couvertures qui dissimulent le lit, retire le matelas pour laisser apparaître le sommier en forme de coffre. Elle soulève la partie supérieure. Dans ce lit ouvert, se cachent des papiers, des habits que Magdalena ne voit pas. Elle fixe seulement une pile ficelée de carnets. Apollonia s'en empare et se tourne vers elle, le regard brûlant.

Magdalena les saisit, s'installe par terre, défait la petite corde qui les retient ensemble. Apollonia referme le lit, pose les couvertures en vrac dessus, attrape dans l'armoire une boîte de sablés. Elle s'assoit ensuite sur le matelas et déchire le carton des biscuits. Aucun mot depuis, mais où étais-tu ? Elle grignote les sablés.

Magdalena a éparpillé devant elle les huit carnets. Elle en ouvre un, reconnaît aussitôt l'écriture en pattes de mouche de sa mère. Sa gorge se serre. La réponse se cache dans ces minuscules hiéroglyphes.

Tu veux que je lise, c'est ça ?

Apollonia ne dit rien, et continue de l'observer tout en mastiquant.

Tu ne veux pas plutôt me raconter ?

Négation muette.

Magdalena ouvre les carnets. Ils sont à carreaux, griffonnés de plusieurs couleurs, textes, dessins, schémas, chiffres, numéros de téléphone. Par ordre chronologique. Ce sont des journaux intimes. Ils s'échelonnent de 1991 à 2006, puis plus rien. Elle lit la dernière entrée du dernier cahier.

10 août 2006. Magda a 30 ans.

tu y as pensé alors ;

Magdalena se lève et prend un paquet de sablés avant de commencer sa lecture. Un carnet après l'autre. Certains peu écrits, d'autres avec des descriptions détaillées de chambre d'hôpital, faites de phrases discontinues.

Apollonia, rassasiée, s'est calmée. Après avoir longuement regardé sa fille, elle s'allonge et s'endort sur le lit. Bientôt, elle ronfle doucement. Magdalena n'a aucune question. Elle veut tout lire.

Elle feuillette les carnets, fébrile, et comprend que suite à un événement qui lui échappe encore, sa mère fait une dépression. Pour la dépression, elle savait, mais elle apprend qu'elle est, en premier lieu, internée dans un hôpital psychiatrique près de Poitiers.

Durant cette période – celle où on lui disait qu'elle était partie se reposer –, elle écrit de manière incohérente, les menus qui lui sont servis, quelquefois les actualités, avec une attention particulière pour la chute des régimes communistes à l'Est en 1991. Pas un mot sur elle dans les premiers cahiers, sauf ses anniversaires, et une note à chaque Noël, j'aimerais être avec eux. Magdalena prend ce « eux » pour elle et Isidore. Parfois, quelqu'un consigne un dosage ou une posologie de médicaments. Mais Magdalena ne cherche que les lignes qui la concernent, et en trouve trop peu. Elle a l'impression que là aussi, elle est mise de côté.

Ce que raconte Apollonia dans ses cahiers – Magdalena en a parcouru trois – n'est qu'une série de faits sans intérêt. Elle remarque qu'elle note souvent : Pas de règles. Chaque fois souligné en rouge.

À la fin du quatrième cahier, qui correspond à l'année 1996, elle évoque un grand déménagement. Où ? Elle ne mentionne pas le lieu. Ici ? Magdalena s'impatiente. Elle pressent qu'elle ne va pas trouver ce qu'elle cherche. Savoir où était sa mère sans connaître la raison de son départ n'a aucune valeur. Il n'y a qu'une seule question : pourquoi ?

Et ces carnets ne répondent qu'à un parcours géographique. La raison profonde, seule Apollonia la sait.

Magdalena la regarde dormir en chien de fusil sur le lit en désordre.

maman ;

Et Magdalena s'émeut de voir la douceur qui émane à cet instant de cette femme désorientée qui s'est inquiétée, mais où étais-tu ?

Magdalena se le répète à voix basse, mais où étais-tu ?

maman ; je lis les carnets ; je vais les parcourir dans un sens et dans l'autre, à l'endroit et à l'envers, si tu le souhaites, mais il y a quelque chose qui n'est pas là, que je ne peux pas lire et que tu dois me dire ;

maman ; à chaque anniversaire, j'ai attendu ton appel ; chaque été, je me disais que tu allais t'en souvenir, que tu devais être à la plage, c'est normal, en plein mois d'août ; je me débrouillais pour ne jamais être loin du téléphone ; tu devais sûrement te baigner, et puis rester toute la journée à la plage, oui, il fait tellement beau le 10 août, combien de fois tu m'as dit que l'été 76 avait été un des plus chauds ? ; tu reviendras de la plage et tu m'appelleras ; où que tu sois, tu m'appelleras ; on n'oublie pas l'anniversaire de sa fille, on ne te l'a pas dit ? on n'oublie pas le jour de son accouchement, d'ailleurs, tu le notes dans certains carnets ; alors, j'attends ; je fais en sorte que ça ne se voie pas, je ris, je donne le change ; on doit être heureux, le jour de son anniversaire, mais je ne m'éloigne pas du téléphone ; ça sonnera cette fois-ci, j'en suis sûre ;

mes anniversaires ont été tristes, et je ne sais pas combien il en a fallu pour que je ne sursaute pas à la moindre sonnerie ;

après, l'attente a été discontinue ;

tu étais morte ou pas ;
tu étais folle ou pas ;
là, je te regarde dormir, et je ne t'en veux pas ;
tu devais avoir une bonne raison pour nous quitter ;
je le crois, maintenant ;

C'est dans le dernier carnet que se cache la photo. Et c'est vers trois heures du matin que Magdalena la trouve, coincée entre deux pages vierges, alors qu'elle s'apprête à refaire la pile de cahiers.

Une toute petite photo de la taille de celles d'identité. Un cliché ancien, aux bords dentelés et jaunis. On y distingue une femme qui sourit, assise de trois quarts sur un fauteuil. Debout, à côté d'elle, deux petites filles. Magdalena observe de près la photo. Les fillettes doivent avoir entre 3 et 5 ans, elles portent la même robe blanche, ceinturée à la taille par un gros nœud, les cheveux relevés avec des rubans. Elles sont jolies comme des poupées. La mère, il s'agit de la mère, Magdalena en est certaine, est habillée d'une robe sombre. Elle sourit, mais son regard est triste. Elle retourne la photo, à l'encre très fine et penchée, sont écrits trois prénoms : Irena, Jozefa, Apollonia.

Un long frisson la parcourt. La réponse est là, sous ses yeux. Elle le sait. Qui sont Irena et Jozefa ? Elle n'en a jamais entendu parler.

Elle fixe l'image de nouveau. Laquelle des deux petites filles est Apollonia ?

Elle contemple la vieille dame qui dort sur le lit.
c'est toi, cette enfant ?

Elle va faire un tour dans la cuisine, la photo à la main, boit un verre d'eau, cherche la bouteille de vin, se sert, en avale une bonne rasade cul sec dans le verre Reine des neiges, se tord les boyaux. Elle a le hoquet. Elle ouvre la porte de la maison et respire quelques minutes l'air froid de la nuit. Ça fige ses poumons, ça la calme.

Puis, elle va s'asseoir dans le salon, en fixant toujours la photo.

Est-ce qu'Apollonia lui a demandé de lire ses carnets pour qu'elle la trouve ? Quel est le rapport avec Antoine et Renée, ses grands-parents maternels, morts avant sa naissance ? Apollonia en parlait librement. Ils vivaient dans un petit village dont le nom échappe à Magdalena. Dans son esprit, ils étaient ses grands-parents biologiques. Apollonia savait-elle qu'elle avait été adoptée ?

L'ivresse la cloue soudain sur le fauteuil, le plafond se met à tanguer. Elle n'aurait pas dû boire si vite. Elle ferme les yeux. Elle attend que la vague passe. Ça se brouille, la photo et les souvenirs avec sa mère quand elle était enfant, les éclats de rire dans le jardin, la joie quand elle la voyait à la sortie de l'école, sa mère toujours belle, bien habillée, avec cette mélancolie en forme de traîne qui la suivait où qu'elle aille. La reine d'un royaume disparu, disait Michel. La mélancolie, un mot que Magdalena ne connaissait pas, se traduisait, pour elle, en une inquiétude souterraine et permanente. Ses regards d'adolescente qui couvent sa mère, qui tentent désespérément de deviner, à travers ses attitudes, comment elle va.

Le jardin de l'enfance, le printemps, une robe blanche aussi. Les yeux tristes, des rires et des fleurs.

Et le silence.

Magdalena s'assoupit, se réveille en sursaut une demi-heure plus tard, la photo a glissé de ses doigts. Elle la ramasse au sol, retourne dans la chambre. Elle veut s'allonger avec Apollonia.

Sur le lit, elles sont maintenant l'une contre l'autre.

Magdalena a le visage dans les cheveux de sa mère. Elle respire leur odeur, la découvre. Elle a dû la connaître un jour, mais elle l'a oubliée. Avec son bras, elle entoure la taille d'Apollonia dont le sommeil s'est à peine altéré. Après une légère suspension, le ronflement a repris, régulier. Magdalena a toujours la photo à la main.

maman, c'est ta mère sur la photo ? et l'autre petite fille, c'est ta sœur, c'est ça ?

Pour toute réponse, une expiration lente et l'obscurité de la pièce. Mais aussi ce bien-être soudain, celui d'être arrivée, d'être chez soi. Elle tient l'explication dans ses bras. Magdalena est fatiguée du chemin, de la route et de ses détours. Elle s'endort à son tour. En s'enlisant dans le sommeil, Magdalena entend le claquement de la boîte dorée du poudrier, le parfum de son enfance. Un claquement doux.

Elle ne sait pas combien de temps elle a dormi là, blottie, à l'abri de tout. C'est la voix d'Apollonia qui la réveille.

Elle a pris le bras de sa fille et lui dit, c'est dans l'enveloppe, ils sont tous dans l'enveloppe.

L'enveloppe en kraft est cachée sous les paquets de gâteaux dans l'armoire. Elle est cornée, elle a été maintes fois pliée, mais elle est là. Et son contenu aussi.

Magdalena sort les papiers, alors que sa mère a posé sa main sur sa cuisse, alors qu'elle la regarde avec une attention soutenue, plus de neige, plus de médicaments, plus de brouillard. Seuls, ses yeux de rapace.

Il y a plusieurs feuilles, dont des papiers officiels en langue étrangère, du polonais, en déduit-elle au nombre de consonnes employées et à une ville citée : Łódź. Une lettre aussi de la mairie du Chambon-sur-Lignon datant de mars 1991, précisant que ce courrier, dont Apollonia était la destinataire, leur est parvenu, et qu'elle n'est pas la seule des enfants de la guerre à être contactée par sa famille. S'ajoute à ces documents, une lettre manuscrite signée d'une certaine Zofia.

Magdalena ne comprend rien, lit juste la signature. Ses mains tremblent. Elles survolent toutes les feuilles, jusqu'aux actes de décès.

Jakub Zynger 1915-1939
Irena Zynger 1919-1943
Jozefa Zynger 1937-1943

Les papiers glissent par terre. Magdalena pleure.

Dans un mouvement simultané, ses constructions intérieures, projections, débris et rêves, s'effondrent et se rejoignent, explosent et se regroupent.

Elle prend la main de sa mère, l'embrasse.

Elles ne disent pas un mot du silence et de l'absence.

Magdalena sort de la maison. C'est le petit matin. C'est l'aube sur le canal avec la brume qui s'accroche encore à la surface de l'eau, avec les oiseaux qui crient leur joie à la venue du jour nouveau. Et Magdalena est perdue devant la beauté de ce spectacle. Luminosité qui l'aveugle, esprit congestionné de mots, carcasse pleine à craquer.

Elle fait quelques pas dans l'herbe. Gouttelettes de rosée qui imprègnent ses baskets. Elle titube. Une tempête se lève sous sa peau. Magdalena s'allonge, regarde les feuilles de platane malmenées par le vent. Elle voit le vol des martinets qui, en cercle, chassent d'invisibles insectes, elle voit l'annonce d'un ciel azur, la promesse de la chaleur, elle sent son corps se fondre dans le paysage sans aucune résistance. Un tourbillon, seul, dans ses os.

Magdalena gémit à la naissance du jour, aux promesses non tenues, aux risques encourus, aux rôles qui l'ont maintenue, à la longue histoire qui lui est parvenue, à la naissance et la mort de sa grand-mère, de sa tante et de son grand-père, elle pleure l'espoir de leurs existences offert par une photo et balayé par des actes de décès.

Irena, Jozefa, Jakub, se répète-t-elle. Et une ville, Łódź.

Et c'est le paysage tout entier qui maintenant tourbillonne. Rotation du monde sur lui-même. Corps gisant sur l'herbe folle. Respiration qui se faufile, qui coule entre les fleurs. Cris des oiseaux qui se mêlent à la rumeur du canal, battements de cœur qui accompagnent le soleil dans sa courbe ascendante. Magdalena veut le voir apparaître au-dessus des platanes avant d'y retourner, de s'allonger sur le lit avec sa mère et son histoire faite de ténèbres et de fantômes.

Les mots et les morts résonnent sur les murs de la chambre bien rangée. Elle se blottit dans les bras de sa fille. Elle n'a pas de formules d'excuses ou de pardon, seulement sa grande fragilité et ce qu'il reste de son corps qui, sans le savoir, a porté l'histoire d'une famille, d'un peuple, l'histoire du monde dans ses veines.

Et Magdalena la serre un peu plus, elles forment un être à deux têtes, chevelures blanche et brune, en fusion. Les débris de Magdalena et leurs répliques en tirades se sont incarnés.

Elle est à bon port, au bord du canal.

Et Apollonia s'endort de nouveau profondément, alors que Magdalena garde les yeux ouverts. Elle voit la lumière changer à travers les persiennes fermées. Elle se dit, la lumière monte, la lumière vient. Pendant plusieurs heures, elle ne dort pas.

Puis elle se lève et s'étire lentement dans la chambre.

Elle se douche, et envoie deux messages. L'un à Carl, le metteur en scène d'*Antigone*, qui l'attend demain. Elle lui annonce qu'elle ne sera pas là pour la répétition. J'ai retrouvé ma mère, écrit-elle, c'est une longue histoire. Je serai avec vous la prochaine fois. Je t'embrasse. M

Et un autre à Adèle pour lui dire qu'elle ne sera à Paris qu'en fin de semaine. Elle ajoute, tout va bien, ne t'inquiète pas. Je te raconterai.

Puis, elle éteint son portable.

Elle sort, regarde le canal depuis le seuil de la maison. C'est une journée de printemps. Les acacias sont en fleurs. Elle sent leur parfum doux. Elle prend une grande inspiration. Ça déploie sa cage thoracique, ça craque dans ses côtes, l'air pénètre partout, ça chasse les particules nocturnes. Par ses narines, cette clarté nouvelle s'engouffre et fait place nette.

Magdalena retourne sur le petit pont de fer. Elle se met à l'endroit exact de la veille. Elle se dit, j'étais là avec l'eau qui passe, qui emporte l'effroi, la colère et ses scories, le désir si pressant que j'avais de partir. En cette fin de matinée, appuyée sur la rambarde. Elle y est.

Magdalena va rester quelques jours et s'en ira, avant de revenir au pied des arbres.

Elle pense à Jordan, à leur amour furtif. Elle se souvient de sa main sur sa nuque, comme il avait caressé l'infime entaille sur son cou. Une coupure qu'il découvrait, un grain de beauté qu'il ne verrait jamais. Maintenant Magdalena pourrait murmurer à cet homme presque inconnu, je n'étais personne avant d'être aimée.

Le canal reflète à cet instant une image troublée. Femme accoudée, le regard qui se perd à la cime des arbres, qui navigue du ciel aux platanes, qui suit le vol de la buse. Et bientôt les yeux se posent à la surface de l'eau et la parcourent dans un élan nouveau fait de visages retrouvés.

Une famille juive avec laquelle sa mère n'a pas renoué, mais rien ne l'empêche, elle, de le faire. Łódź et Zofia, l'histoire de sa mère est sienne à présent, transmise. C'est un chœur puissant qui s'empare de tout son être.

En embuscade jusqu'à la nuit passée, ces voix nouvelles ont, ce jour, pris corps vivants ou morts.

Elles existent.

Et Magdalena pense à Antigone, à ce personnage qui lui a collé à la peau sans qu'elle en connaisse la raison. Elle se sentait si juste avec elle, Antigone si limpide à ses yeux, sœur jumelle, l'accompagnant depuis toujours. Elle comprend à cet instant qu'à l'égal de sa mère, sans le savoir, ni l'une ni l'autre – dans l'ignorance et longtemps dans l'innocence de cette ignorance –, elles ont œuvré à enterrer comme il se doit, avec les honneurs qui leur étaient dus, un frère, une sœur, une famille assassinée. Apollonia au prix d'une vie tronquée de ses racines, une vie en forme de leurre, une vie impossible, un mensonge invivable, trop coupable, au prix de se taire, de se faire transparente et discrète afin que la vérité ne la débusque pas.

Apollonia, fantôme des autres, transmet à sa fille une chimère.

La fille s'y brûle sur les planches. Antigone en voix et en os sur scène qui durant des décennies est celle qui raconte la vérité, et Magdalena ne se lasse pas de la dire, ne se lasse pas, sans l'entendre tout à fait. Elle sait seulement qu'à travers les siècles, Antigone, à travers ses différents auteurs, Antigone a marché jusqu'à elle et qu'ensemble, elles deux, à la vue de tous : les spectateurs, mais aussi les personnages – Créon, Ismène, le Coryphée et les soldats –, elles ont rendu hommage, au péril de leur vie, aux défunts quels que soient leurs noms. Ils sont une multitude.

Sur scène, Antigone et Magdalena à l'unisson offrent une dignité rapiécée, reconstituée, lambeaux, débris, poignées de terre jetées, territoires dévastés et traversés. La voix de Magdalena, alors, porte loin. Elle vibre de tout ce qui lui est caché. Maintenant qu'elle sait, elle dira cette Antigone pareillement et différemment. Quand cet été, elle entrera sur les planches du palais des Papes, quand elle s'élancera avec sa robe sombre dans le puits de lumière, quand elle y sera, ils seront tous avec elle. Réunis, les connus depuis peu, les rescapés, les assassinés. Et de sa main fragile, elle posera une poignée de terre sur les dépouilles en prononçant leurs noms, un à un.

De la même autrice :

LA GRÂCE DU CYPRÈS BLANC, Le temps qu'il fait, 2010
RÊVES OUBLIÉS, Sabine Wespieser éditeur, 2012 ; Points, 2013
PIETRA VIVA, Sabine Wespieser éditeur, 2013 ; Points, 2015
AMOURS, Sabine Wespieser éditeur, 2015 ; Points, 2016
POINT CARDINAL, Sabine Wespieser éditeur, 2017 ; Points, 2018
MANIFESTO, Sabine Wespieser éditeur, 2019 ; Points, 2020
LA LEÇON DE TÉNÈBRES, Stock, 2020 ; Points, 2021
K.626, Maison Malo Quirvane, 2020

Le Livre de Poche s'engage pour l'environnement en réduisant l'empreinte carbone de ses livres. Celle de cet exemplaire est de :
250 g éq. CO_2
Rendez-vous sur www.livredepoche-durable.fr

PAPIER À BASE DE FIBRES CERTIFIÉES

Composition réalisée par PCA

Achevé d'imprimer en France par
CPI BRODARD & TAUPIN (72200 La Flèche)
en août 2022
N° d'impression : 3049341
Dépôt légal 1re publication : août 2022
LIBRAIRIE GÉNÉRALE FRANÇAISE
21, rue du Montparnasse – 75298 Paris Cedex 06